Oceani. 46

Dello stesso autore
presso La nave di Teseo

Le parole sognate dai pesci

Davide Van De Sfroos

Ladri di foglie

La nave di Teseo

ISBN 978-88-9344-660-0

Prima edizione La nave di Teseo ottobre 2018

Sommario

“Calmati… come la rugiada sul filo di paglia.
Ogni foglia è un sogno del ramo,
Ogni pioggia passa come un pettine d’acqua…”

dal *Libro Immaginato del Mago d’Acqua Palankuatt*

Ladri di foglie

Chi può rubare il Vento?

Non lo so, perché il Vento rapisce se stesso a ogni folata.

Soffia, ruzza, sibila e batte. E gonfia i suoi muscoli d'aria e fa a pugni col mondo.

Lucida il sole e sposta la luna. E mescola e impasta le nuvole nel cielo: le torce, le stira, le annoda e le scaglia lontano, persino oltre l'orizzonte…

I vecchi sostengono che il Vento non è mai morto di sete. Gli hanno affibbiato innumerevoli e impossibili nomi – troppi! – perché possa abitarli tutti: e così ha deciso di spazzarli via dai suoi mille cammini con una raffica terrificante e immensa.

Che cosa può rubare il Vento?

Ogni cosa. Anche ciò che sembra invisibile – e che forse lo è.

S'impadronisce di sabbia e spruzzi d'acqua; razzia le volute di fumo ai sigari e ai narghilè; curva il pennacchio bianco e opaco dei camini; borseggia i rifiuti abbandonati e le cianfrusaglie senza nome; saccheggia il sonno e i pensieri, il silenzio e persino i rumori. Ma soprattutto ruba foglie, di qualsiasi specie e condizione: quelle secche già cadute, quelle verdi ancora sull'albero.

Ma… chi è così folle da voler diventare un Ladro di Foglie?

Il Vento – sicuro! Ma anche molti esseri umani. Infatti, prima o poi, tutti noi diventiamo Cacciatori di Nebbia, Guardiani della Cenere e… Ladri di Foglie. Le nostre storie, però, non iniziano quando la foglia si stacca dal ramo, ma quando ci accorgiamo che è caduta.

Il pescatore

Da queste parti, prima di salire sulla barca, si guarda il cielo. E così anche quest'uomo immobile sulla riva punta lo sguardo a spillo dentro gli stracci di nubi, ruota il capo verso i monti che lo fiancheggiano e verso quelli che si ergono alle sue spalle. Per tre volte, si sistema il cappello; poi sfrega le grandi mani sui pantaloni frusti e annusa il lago e l'aria, come se fossero un'unica entità, intrecciati fin dal principio dei tempi da un ignoto spirito delle acque.

Gli altri pescatori – in particolar modo quelli provenienti dalla città – stanno già lanciando fili fantasma dal tetto di una darsena o da un pontile abbandonato. Tutti lo osservano in silenzio, fingendo di non notarlo neppure, sebbene siano pervasi da un'invidia umida e pesante che si nasconde persino nelle pieghe delle cerate. Se l'avessero loro, una simile barca! Una lancia da pescatore, con la quale si può andare "a metter giù e tirar su" le reti senza preoccuparsi del clima; con la quale si può uscire anche nei giorni di maltempo, quando le onde mostrano intenzioni malevole – e tutto questo grazie a un motore potente, che consente di muoversi rapidamente come una cometa dalla terra alle acque e viceversa.

Ma, dopo aver compiuto una precisa liturgia, fatta di corde, leggere spinte e opportuni assestamenti, lui non si siede accanto al motore, pronto ad avviarlo. No: impugna i remi e si piazza al centro della barca. Poi la sua figura comincia a oscillare ritmica e precisa, come l'ingranaggio di un orologio che misura le palate e i metri che lo allontanano sempre di più dalla riva. Si muove lieve, non ha alcuna fretta e quasi non ferisce nemmeno l'acqua. Il colore della barca la rende mimetica con quest'ora del mattino. Osservando la scena, potrebbe sembrare che l'anziano pescatore, anziché dirigere l'imbarcazione al largo, stia semplicemente spingendo la riva sempre più lontano. Su un palo di legno accanto al pontile, due gabbiani commentano il fatto che anche oggi ha portato con sé tre canne da pesca: due con mulinello e una fissa.

Adesso la prua si muove verso la sponda opposta e, quasi fosse un bersaglio, sembra mirare il Ponte del Diavolo. Il cigolio proveniente dagli scalmi accompagna la quieta danza acquatica, una sorta di valzer lento dove tutto è fluido e speculare, dove i colori mentono prima di rivelarsi nella loro essenza al cospetto di luci nuove, lame brillanti che sciabolano piano da dietro le montagne e colpiscono ogni figura con la consueta Pentecoste, alla quale lo stupore non riesce mai a sottrarsi.

Per un istante, un remo spinge e l'altro riposa, e la prua si dirige verso la Punta di Balbianello, per oltrepassare il promontorio del Dosso del Lavedo e inquadrare – un altro bersaglio! – l'Isola Comacina.

Con il loro verde acrobatico, le cime impossibili e un'eleganza temperata come una matita, i cipressi sono guardiani severi e impassibili. Un folto di palme spunta dal grande e misterioso gomitolo di vegetazione intersecato da una roccia aguzza e, da lì, un corvo color petrolio si alza in volo. Con un'occhiata concentrica scruta la barca e il pescatore e la sua barca; poi, senza nessuna riservatezza, comincia a strillare che anche oggi quell'uomo ha portato con sé tre canne da pesca: due con mulinello e una fissa... Sì, anche oggi – e, come sempre, non le userà! CRA! CRA! CRA!

Chini sulle piccole onde, i salici piangenti si ostinano a cercare qualcosa che sono convinti di aver perduto – capita a tutti di smarrire un ninnolo, una parola, un pensiero nelle profondità dell'esistenza. Accade, è accaduto e accadrà anche al vecchio pescatore che adesso smette di remare, abbandona i remi, raddrizza la schiena e si stira con movimenti lenti, prima di toccare tre volte il cappello e di sfregare, in un gesto abitudinario, le mani sui pantaloni. Davanti a lui l'isola sembra accovacciata nella solita acqua, tra ombre e stelle filanti di chiaro, in attesa della luce vivida del sole che la risveglierà.

Il pescatore riprende la rotta, e il lago lo sprona e lo sorregge come ha fatto per anni nelle mattine tremanti e nelle notti scorbutiche, quando ancora andava a calare le reti nei suoi "posti segreti", seguendo istinti e convinzioni ancestrali, formulando ipotesi e algoritmi subacquei. Agiva in perfetto silenzio, sforzandosi di imitare i pesci, dei quali aveva oramai imparato a leggere lo sguardo eterno: quello sguardo che lo incalzava mentre, con gli ultimi scatti fuori dall'acqua, comprendevano il loro destino, fissando un cielo dove non avrebbero mai potuto continuare a nuotare.

Con il crinale dell'isola alla sinistra e il paese sulla sponda destra, compie una virata e dirige la barca verso la villa color pietra. Come in un rituale, costeggia la balaustra e il pergolato perfetto, il glicine che sembra spuntato direttamente da un sogno, per colorare il lago scuro che si frange sotto la murata, offrendo al giorno riflessi che – secondo lui – appartengono alla tavolozza di Dio, della Madonna o almeno di un angelo. Poi eccolo di fronte alla darsena, davanti alle fauci spalancate del cancello tempestato di ruggine che blocca la via di un nulla infido, oscuro e melmoso, dal quale non ha mai visto uscire nessuna imbarcazione. Leva lo sguardo sulla finestra e il balcone. Quel balcone. Ferma la barca e poggia i remi – devono sgocciolare, riposare. Siede sulla panchetta ed estrae dalla tasca un pacchetto di sigarette costellato di pieghe come la pelle scura delle sue mani. Né un vento né una corrente si permetterebbero di spostare la barca da quel punto. Il volto del vecchio pescatore ha il colore del legno ed è solcato dalla miriade di onde che ha affrontato. Gli occhi sono fessure che rivelano saette lucide; le labbra dischiuse offrono soltanto un varco per la sigaretta storta che, dopo aver incontrato la fiamma, libera la sua prima nube di fumo bianco.

L'aveva vista su quel balcone per la prima volta quand'era una ragazza, appena arrivata dall'Inghilterra. Anche lui era giovane: remava in canottiera con i muscoli lustri e torniti, mentre il padre si occupava delle reti. Ricorda la mattina in cui l'aveva veduta con un vestito a fiori e i capelli sciolti – allora la ragazza era diventata una donna. Poi, lungo il rosario dei giorni, l'aveva osservata mentre affrontava gli insulti del tempo e le sue fattezze mutavano, proprio come i suoi muscoli e le sue ossa di pescatore che si attorcigliavano, si incurvavano e percepivano i fastidi dell'umidità in modo diverso, via via che il balcone soggiaceva al rigoglio dei rampicanti. Quando passava, lei gli indirizzava sempre un cenno, un sorriso, un saluto, magari accompagnandolo con lo sventolio di un giornale, un fazzoletto e un oggetto non identificabile che teneva in mano. Rispondeva sempre alzando un braccio, prima di riprendere a remare verso un destino solitario. Remava e remava, ma si figurava il proprio cuore impigliato nelle reti della pesca, che si agitava e si dibatteva insieme con i persici.

Sul balcone, adesso c'è un'anziana signora, i cui capelli bianchi sprigionano riflessi che ricordano i colori del glicine. Indossa un copricapo di paglia molto semplice e sta bevendo da una tazzina che regge con due mani; tiene lo sguardo fisso su quel pescatore che ha sempre visto da quando è arrivata qui – una presenza costante e immutabile come il sole, la luna, o l'isola in lontananza. Sorride, raccoglie una grossa foglia di platano dal pavimento e la fa ondeggiare in un saluto gioioso. L'uomo solleva il braccio; tra le dita della mano stringe un mozzicone di sigaretta, con il quale traccia minuscoli segnali. Il fumo svanisce in un respiro.

Dopo aver becchettato tra le ortensie, un merlo dalla palandrana nera raggiunge un compagno che saltella su un muretto di pietre e gli domanda se, finalmente, quell'uomo e quella donna si parleranno. L'altro risponde che è assai improbabile: non è mai accaduto e non capisce perché uno scambio di parole dovrebbe avvenire proprio oggi.

Il pescatore si sistema il cappello con tre tocchi e si sfrega le mani sui pantaloni frusti. Quando sta per impugnare i remi, si accorge che una foglia di platano galleggia anche lì vicino a lui, sull'acqua. Si sporge dalla barca e la prende; la asciuga con un lembo della giacca e la sventola come una grande mano. Due ombre si stanno salutando in silenzio, circondati dalla luce, muta e assordante, del sole appena nato.

Tre candele

Verso l'imbrunire, un vento di tramontana agita le tende e molte altre cose che forse desidererebbero restare ferme. Il lago si impenna e le nubi vengono sospinte lontano; rimane soltanto un sibilo di aria ghiacciata che intona la propria canzone inquieta in ogni fessura: è un canto per tutti – e per nessuno in particolare.

Adesso il Ragazzo ha quasi sessant'anni, ma siede ancora al solito tavolo di cucina e accende tre candele bianche, mentre guarda il tappeto del cielo che si distende verso le fauci rossastre del sole morente, oltre le montagne sempre più scure.

La melodia della tramontana proveniente dagli infissi esausti, gli ricorda brani di jazz disperato, quello che suonava in dubbi locali del Nord Europa, quando ancora beveva a dismisura e s'infilava una sigaretta tra le labbra ogni volta che l'ancia del sassofono le liberava: una musica naufragata in un punto oscillante nel dove e nel quando, in un luogo indefinito che adesso gli ritornava alla mente per rivendicare la propria esistenza.

Tre candele, come voleva la nonna, prima dell'arrivo della notte: una per il cielo, una per gli uomini che camminano verso casa e una per coloro che si sono perduti.

Davanti agli occhi grandi e sereni dell'ex suonatore, le fiammelle tremolano sopra gli steli di cera e, insieme con le ombre, sembrano far muovere l'intera stanza. Lui sa che tra poche ore dovrà affrontare di nuovo il letto, perdendosi dentro sogni confusi e sconfinati, quasi impossibili da ricordare. Anche adesso sta cercando di riportarne uno alla mente, mentre fissa la tovaglia costellata di mille cuori variopinti. Uno sforzo inutile: riesce soltanto a scorgere sua madre che, nei giorni di festa o quando ci sono ospiti, prende quella tovaglia dal cassetto. Tutto il resto è svanito, è fuggito altrove, in quel posto dove si accumulano i sogni sognati, dopo aver regalato a chi dorme un rullo di immagini.

Vicino alla credenza, aggrappato a uno dei fili della propria tela, il Ragno dice alla Camola vestita di stracci che, neppure oggi, il loro ospite ha preso le pastiglie.

Nonostante fuori dalle finestre stia impazzando una sarabanda di fantasmi del freddo, nella stanza regnano un tepore confortevole e una calma composta. Sul tavolo, la tazza ambrata della tisana spande un vapore sottile e profumato. L'uomo l'avvicina alle labbra e confessa a se stesso di ignorare quanti giorni siano passati da quando ha deciso di venire in questa casa. Comunque, è convinto di non essere scappato da qualcuno o da qualcosa, visto che non aveva niente e nessuno da cui fuggire. Si è soltanto allontanato da tanti volti e troppe strade, senza proclami e drammi, senza rancori e dichiarazioni sui motivi che l'hanno portato alla scelta di ritirarsi in questa vecchia abitazione, della quale aveva persino smarrito le chiavi – erano finite in un cassetto, insieme con coltelli, cavatappi e altre ferraglie da cucina. Di certo, è un luogo che gli appartiene più di molte altre mura che lo hanno visto strisciare per anni al loro interno.

Al di là delle candele, sopra la mensola rossa accanto alla stufa, ha sistemato il ritratto dei suoi genitori nel giorno delle nozze. Suo padre, fiero e imbarazzato in un vestito che lo rendeva somigliante a un'anguria felice; sua madre, diafana e bellissima, con un'acconciatura pressoché impossibile da replicare senza l'aiuto di un coiffeur esperto, e un sorriso così smagliante che l'avrebbe trasformata in una principessa anche con un abito di sacco. Vicino alla cornice, ha messo una statuetta di bronzo con piedistallo di marmo giallognolo: raffigura un omino ricurvo, nell'atto di lanciare una boccia – ma quella sfera non lascerà mai la sua mano. È un trofeo conquistato dal padre a un torneo: lui, invece, ha vinto soltanto le scatole di psicofarmaci impilate sull'altra estremità della mensola. Sono i premi per anni vissuti in apnea, dentro bolle di possibilità e delusioni, srotolando gomitoli di chilometri e suonate notturne in compagnia di ombre più ubriache di lui; sono le bandierine piantate lungo un percorso di emozioni e pentimenti, un itinerario tortuoso e a spirale, da accendere come uno zampirone antizanzare, lasciandolo consumare fino a quando, di quel cammino, non resta altro che un fumo dall'odore ambiguo.

Ha accatastato quelle confezioni quasi tutte identiche con la speranza segreta e infantile di vederle spazzate via dalla bocciata dell'omino di bronzo, quando si deciderà a tradire la sua posa plastica: un tiro imperioso, solenne, implacabile.

Comunque si sente ingiusto nei confronti di quei farmaci incolpevoli che, con i loro nomi da eroi di saghe fantascientifiche, hanno sempre svolto egregiamente la propria missione, scacciando i segugi dell'ansia, le falene svolazzanti dell'angoscia, i serpenti silenziosi della depressione.

Il Ragno si muove di scatto sulla sua tela, per controllare ciò che sta avvenendo lì. Quando è sicuro della scoperta, si rivolge alla Camola, dicendogli che sta per accadere l'inevitabile, quello di cui hanno parlato mille volte: il Ragazzo è andato a prendere il sax!

Sì, adesso lui suonerà per un pubblico composto da tre candele, duellando serenamente con il sibilo del vento là fuori. Il suo fiato, proveniente dal fondo dell'otre rattoppato di un'anima, si mescolerà al respiro imponente del mondo, al frastuono della betoniera gigante che impasta e rimescola i cieli e le acque, in un tramonto sanguinante che tarda sempre a calare. Il suo respiro d'ottone non spegnerà le fiammelle, ma fluirà in una musica ascoltata anche dagli spiriti morbidi dei ricordi della casa, dal Ragno, dalla Camola, dall'omino di bronzo, da Capitan Xanax e Re Tavor, dagli abitanti del pianeta Cipralex, dall'equipaggio dell'astronave Depakin e da tutte le entità che animano le pillole che, al suo fianco, hanno implorato, combattuto, vinto, perso, sopportato. Inspirerà ed espirerà per loro – soltanto per loro. È un concerto gratuito, dunque accomodatevi.

"Signore e signori, buonasera. In questa esibizione, il sax racconterà la storia dell'esistenza del Ragazzo, dilatando note e silenzi in una confessione dalle ali di farfalla, dove i singoli momenti perderanno ogni valore e verranno ammainati e ripiegati come bandiere stinte. Ripercorrerà le strade seguite dal Ragazzo quando era felice e ci insegnerà il modo per scaricare nello spazio profondo le scorie radioattive che trasformano gli esseri umani in mutanti bipolari."

Io sono soltanto un sax, ma il Ragazzo parla e si racconta attraverso di me. Quando sembra che baci il mio becco di cigno cromato, in realtà mi insuffla con ogni forza il suo jazz sconveniente, maledetto e irrispettoso. Una musica che è un bicchiere di ghiaccio tirato in faccia alle ombre, una biscia di note irrequiete e luccicanti, una libellula ficcata nella gola della sera tagliente. Giornate di piovoso velluto trascorse in città con nomi da dimenticare; notti squarciate da suoni bevuti e fumanti, grevi e striscianti. Ora torna la voglia di ridisegnare i volti che popolavano quegli spazi: con il mio suono cieco e imparziale, racconto prodigi di parole e sguardi che ancora dondolano tra i tappeti e le mura. Imparate... ad ascoltare le note acute come se fossero i commenti della mamma o gli scongiuri della nonna, e quelle basse, come i mugugni del papà o i sussurri del nonno. Origliate i dialoghi di coloro che vorrebbero consegnarsi al silenzio in una sera di ortiche e profumi, di braci e pugnali di vento. Io sono il Suono, io sono il Momento – questo Momento. Accartoccio la vita passata e stendo un foglio bianco per tutto quello che sarà: forse è un gesto sciocco, visto che io vivo qui e adesso....ma io sono il Suono e arriverò fino alla fine del brano.

Il vento era cessato all'improvviso, forse per ascoltare il sax: adesso, però, rieccolo..a voler far sentire la sua voce. Nessuno può rubargli la scena per troppo tempo. Spalanca la finestra dagli infissi più deboli e si riversa dentro la cucina, roteando la propria spada di sibili e ululati. Scaraventa intorno alcune foglie: una rossiccia ed esausta, rapita a una vite del Canada, atterra nella bocca del sassofono. Il Ragazzo ricorda che lo zio appassionato di jazz, quello che gli aveva lasciato tutti i dischi, una volta era comparso sulla soglia della sua stanza con una foglia identica tra i capelli bianchissimi, pettinati in modo assurdo: aveva trovato la scena molto divertente.

Con irruenza, il vento continua a perlustrare la stanza. Spegne due candele, ma risparmia la fiammella della terza. Sposta leggermente la foto del matrimonio dei suoi genitori sulla mensola, poi si avventa sulla pila di scatole degli psicofarmaci, scagliandone un paio sul pavimento. Alla fine, quando si rende conto che il piccolo giocatore di bocce è invincibile per il suo peso, abbandona il campo, facendo sbattere la finestra per un'ultima volta.

Ruotando la maniglia con un gesto deciso, il Ragazzo la chiude; poi raccoglie delicatamente la foglia rossa e, dopo averla avvolta in una pezzuola bianca, la ripone nella custodia del sax. Mentre rimette a posto lo strumento, ripensa allo zio Sandro, frizzante e malinconico come la musica che ascoltava per ore, sempre pronto a prendere a calci l'ovvio e ad accarezzare le lame della vita con uno sguardo dolce. Non si era mai sposato e non aveva mai avuto un'occupazione stabile e credibile: rimbalzava a destra e a manca nelle vie del paese come la pallina di un flipper che non aveva ancora deciso quale fungo colpire. Un giorno, il suo giradischi rimase muto: se n'era andato chissà dove – nessuno seppe mai dov'era finito. Il Ragazzo trovò la pagina di un quaderno sulla quale lo zio scriveva che gli lasciava tutti i suoi dischi: la musica era l'unica cosa che possedesse.

Dapprima il Ragazzo ascoltò i dischi soltanto per scacciare la nostalgia di zio Sandro; poi si disse che quelle note aspre potevano diventare un sortilegio per far ritornare lo scomparso. Non accadde nulla. Ma a quel punto, il jazz si era impossessato di lui: lo blandiva, lo accarezzava, lo incalzava e lo spronava. Alla fine, la musica divenne prima sua madre e, più tardi, sua figlia. Aspettò per anni un ritorno, fino a quando decise di barattare l'attesa con una partenza: la sua.

Il Ragno e la Camola guardano il Ragazzo che si infila un pigiama azzurro scuro e soffia sull'ultima fiammella ardente, con un sorriso lieve e sghembo. È ora di andare a dormire.

Una candela per il cielo, una per gli uomini che camminano verso casa e una per coloro che si sono perduti. E per chi oggi è tornato con un altro corpo e un'altra voce, lasciando accesa la sua candela, applaudendo l'amato jazz con mani di foglie e aiutando finalmente l'omino di bronzo a tirare la sua boccia.

Major Tom

Mai suonare il clacson a vanvera.

Se strombazzi, hai perso, e il nervosismo ha vinto – e la giornata prende una piega difficile da spianare. Non servono a niente i parassiti della pazienza o quelli che succhiano i colori del semaforo, finché ritorna rosso e tutti coloro che starnazzano impazziti.

L'imperativo è resistere. Andare oltre con la mente, volando dentro universi paralleli o addirittura perpendicolari.

Bisogna usare il clacson solo nelle situazioni di emergenza: per segnalare un pericolo, per allertare un passante, per bloccare qualcuno che sta per ritrovarsi in un grosso guaio.

Utilizzato come insulto o come bestemmia strombettante, il suo suono costituisce un colpo a tradimento al flusso equilibrato dell'esistenza che una persona a modo deve assecondare, difendere e perseguire.

Al giorno d'oggi, le strade soffrono e il traffico è un problema assai serio, giacché possiede un'anima in costante mutazione che può schiarirsi o diventare nera, compromettendo il logico scorrimento e, di conseguenza, il destino delle persone che sono allineate lungo la sua collana, ciascuno isolato dentro il proprio veicolo.

A bordo del mio camion di surgelati, io sono un surfista del caos rotante, mi muovo sull'Onda Verde e attendo paziente e strabico, con un occhio puntato verso l'orizzonte e l'altro fisso nel retrovisore. Colgo l'attimo, controllo il respiro e poi accelero e freno con sincronismo da provetto batterista. Mi compenetro con le canzoni che ascolto, con i brani delle mie compilation, che vengono interrotti soltanto dalle notizie sulla viabilità. Quando guido, nessun giornale radio, nessuno spot pubblicitario, nessuna trasmissione di qualsiasi genere. Niente che possa distrarmi dalla poetica del flusso veicolare.

Imitando i movimenti di una ballerina classica, danzo sulle quattro gomme e avanzo sulla pista asfaltata con una colonna sonora che ho scelto accuratamente, con una musica che modulo o cambio a seconda del tragitto.

Sono il Major Tom di David Bowie e, da secoli, sto seduto dietro al timone della mia astronave, sempre alle prese con temerarie missioni urbane ed extraurbane. Arrivavo alla base segnata sull'ordine di servizio, scaricavo e ripartivo verso una nuova meta. Un'altra breve sosta, e via ancora: partenza, scarico, ritorno, con le note che si mischiavano al rombo del motore.

Lo scheletro del mio universo è la strada, l'asfalto che si fonde con il mio essere e si proietta in un tragitto futuro con la velocità dei pensieri e la luce bianchissima dei miei fanali.

È un mondo pericoloso, questo, e lo spostamento quotidiano e contemporaneo di enormi folle può far tracollare qualsiasi equilibrio. Ecco perché devo sforzarmi di vivere il mio viaggio con un'impostazione spirituale. Devo seminare certezze dove le buone intenzioni tendono a sgommare via, portare la pace là dove i motori litigano, evitare le provocazioni di chi dispone di una potenza maggiore, di una punta di velocità usata come un distintivo di supremazia, come la segnaletica supponente di una vita più importante di quella altrui. "Sono più veloce di te, perché ho cose molto più importanti da fare. Non prendertela: così va il mondo!" So perfettamente che non tutti coloro che sfrecciano nello spazio-tempo, con la speranza di piegarlo e ridurre le distanze sino a far combaciare partenza e arrivo, guidano ambulanze, autopattuglie o mezzi di soccorso: posso affermarlo con cognizione di causa, giacché percorro la mia orbita da un'eternità e ho imparato il rispetto delle regole.

In un tempo passato, il mio sedile era quello di un banco di scuola e pilotavo libri, quaderni e matite per infiniti giorni, ore, minuti. Mi sono applicato per imparare ogni materia, mi sono preparato meticolosamente per ogni esame: mi hanno promosso con ottimi voti, e sono partito per le strade del mondo con la volontà di offrire agli altri ciò che avevo appreso.

Ma ho incontrato un traffico intenso. Poi dei lavori in corso. Spesso incidenti, strade in rifacimento, svincoli in costruzione. Mi sono fermato e ho riflettuto.

Ho cambiato veicolo e mi sono ritrovato su questo camion, a trasportare surgelati e a surgelare rimpianti. È andata proprio così. Ho sempre cercato di agire con il massimo scrupolo, concentrandomi sulla precisione di ogni gesto.

Sono un monaco zen della guida, un sacerdote del trasporto e della convivenza quotidiana con l'assurdo. Ho sposato il movimento restando immobile al centro delle mie convinzioni profonde. Ho coniugato l'andata con il ritorno e ho bilanciato il carico con lo scarico, giocando d'anticipo per non diventare l'ennesima vittima dei predatori dell'urgenza e per non sprofondare nelle sabbie mobili dell'imprevisto.

Il tenente Frank Bullitt, interpretato da Steve McQueen, era un uomo di poche parole e osservava il prossimo con sguardi prolungati come i miei: sembrava distaccato e diffidente, ma prestava sempre una grande attenzione a tutto ciò che lo circondava. Sgasando, correva nelle strade di San Francisco su una Mustang Highland GT 390 Fast Back verde: credo che fosse il 1968. Saettava nelle vie e pitturava l'asfalto con i copertoni, esibendosi in drifting magistrali, rinchiuso dentro la pellicola di Peter Yates. Ricordo che acquistava caterve di scatole di cibo preconfezionato nel negozio sotto casa: sembrava un alieno ormai integrato nel modello di vita americano. Comprava surgelati perché doveva nutrirsi. Era molto diverso da quando guidava.

Talvolta anch'io entro nei megastore o negli autogrill con passi da cosmonauta: mi accade quando, per un momento, abbandono il camion perché mi serve qualcosa. Mi inoltro in spazi ignoti, in autentici pianeti degli acquisti. Generi di prima necessità o voluttuari. Acquisti dettati dall'esigenza o da un'attrazione istintiva; acquisti compulsivi o premianti; acquisti nervosi o rilassanti… Di certo, tutti carichi di illusioni e aspettative, di lente gioie e rapide tristezze, come quella che ti assale quando muore il pesce rosso che hai appena vinto al luna park.

E così, un giorno che mi aggiravo "lost in a supermarket", come nella canzone dei Clash, pensai di ricompensarmi con un regalo per i moltissimi chilometri percorsi in una settimana. Un premio, sì: ma cosa?

Esclusi subito i surgelati. Curiosai nei vari reparti di abbigliamento, pensai persino a un orologio... Nulla che mi ispirasse. Poi una folgorazione, nell'area dei giocattoli: un modellino in scala 1:35 della Mustang Highland GT 390 Fast Back verde del tenente Bullitt. Eccola qui, nella cabina del camion, dentro la sua teca di plexiglas. E non disturba nemmeno la mia visuale privilegiata, quella che deriva dalla mia posizione più alta e mi consente di guardare oltre le automobili, di controllare la strada con una prospettiva migliore – e di godere di una vista panoramica.

Quando percorro i lunghi viali alberati dei paesotti di pianura, per qualche momento mi trasformo in un vento veloce. Alcune foglie si staccano dai rami e mi seguono: vogliono accompagnarmi nel mio viaggio. Talvolta qualcuna esaudisce il suo desiderio, rimanendo incastrata tra i tergicristalli e il vetro.

È passato molto tempo dall'ultima foglia che mi ha accompagnato. Adesso sono una stella cometa che si muove verso l'ignoto, con una coda ormai impalpabile. Il camion non trasporta più nulla; ho ultimato le consegne parecchi giorni fa. Da allora, non sono rientrato alla base, non sono ritornato a casa. Non voglio più avere una casa: io vivo nel viaggio e continuerò ad andare. Ho gettato il telefono in uno stagno: le rane sono scoppiate a ridere. Ho ridotto in coriandoli la lettera che illustrava i motivi per cui la ditta era obbligata a chiudere e a licenziare tutti gli autisti.

Licenziamento o no, il mio viaggio proseguirà finché avrò un francobollo di strada davanti alle ruote, fino all'ultima goccia di benzina, o fino a quando qualcuno mi fermerà. Non dimenticatelo: io sono il Major Tom di *Space Oddity* e non mi muovo più nella vostra orbita. Ho passato metà della vita sulla seggiola di un banco scolastico e l'altra metà su questo sedile. Onda Verde dice che c'è traffico, oltre a un paio di code per lavori in corso e un incidente. Ma è troppo tardi. I coriandoli della lettera volano dal finestrino insieme con quelle foglie che faccio resuscitare quando passo veloce col camion. Il mio camion.

Accelero, sempre di più. Se qualcuno deve proprio fermarmi, vorrei che fosse il tenente Frank Bullitt.

Caduta a metà

Era il giorno nel quale le lucertole bianche che guizzavano dentro la sua testa si spaventarono, il giorno in cui un'erba serena lo aspettava mentre cadeva dal cedro del Libano.

Poi ci fu l'impatto duro, sghembo e veloce del suo corpo con il terreno verde e piano... e una tonnellata di luce stroboscopica gli perforò la mente, scavò un pozzo, trapanò un tunnel e, alla fine, straripò in un lago, dove ogni essere o cosa si bagnò, prima di riprendere il proprio posto nel mondo.

Quando aprì gli occhi, un falco volava sopra di lui, disegnando archi impeccabili, planando e affondando lo sguardo sempre più lontano. Fu particolarmente colpito dalla postura composta e raccolta delle sue zampe. Conosceva gli artigli del falco, li aveva visti incalzare, stringere, graffiare o ghermire una preda, ma adesso apparivano distesi, allineati, ripiegati ordinatamente come un paio di calze in un cassetto.

Era il giorno delle macchie confuse, quelle che pian piano dilagavano nei suoi occhi e piegavano ai loro voleri tutto ciò che lui vedeva: curvavano le linee della realtà, modulavano le convinzioni che aveva avuto fino a quel momento, manipolavano l'universo con una noncuranza quasi elegante.

Avvertiva un dolore alla testa e alla schiena, ma le forme cangianti che si spandevano e si ritiravano come acquerelli dipinti dagli spiriti, gli suggerirono silenziosamente di rimanere immobile ancora per qualche istante, di respirare e rilassarsi.

Obbedì e cancellò dalla mente ogni pensiero, rendendosi conto che spesso era l'ingresso di una prigione mentale. Si sentì diventare fiore e sbocciare in un modo selvaggio e fuorilegge: era una margherita con un cuore giallo e infiniti petali da sfogliare. Poi si tramutò in un insetto che possedeva la magia per rubare la linfa agli alberi e la forza per squarciare il cielo.

Divenne una farfalla, con le carte da scopa al posto delle ali. Si crogiolò in quella nuova beatitudine e, per un momento, scordò com'era stato prima della caduta – sospettò che non sarebbe mai più stato così.

Un liquido misterioso carico di riflessi chiari gli scivolò dentro le palpebre appena le socchiuse e guardò verso la grande macchia del sole. Le lucertole bianche erano dappertutto e, con le loro voci caotiche e sottili, gli ripetevano di aspettare, di restare disteso, di prendersi tutto il tempo che reputava necessario.

Ma perché era salito su quella pianta?

Forse per dimostrare a se stesso che era ancora in grado di farlo, come quando era un ragazzino? O forse soltanto per il fatto che quell'albero gli apparteneva, al pari della villa e del parco nel quale il bisnonno Arturo l'aveva piantato – se era suo, poteva salirci ogni volta che voleva! Ripensandoci, però, probabilmente voleva solo far preoccupare qualcuno, attirare l'attenzione, come gli capitava quando stava male, quando sentiva l'angoscia montargli dentro e non sapeva neppure chiedere aiuto. Ma nessuno lo aveva visto salire e nessuno aveva assistito alla sua caduta. Soltanto il falco.

Inspirò profondamente, come se volesse annusare gli umori delle nuvole. D'accordo, si disse, la casa era sua, così come le auto sportive parcheggiate in garage, gli arredi raffinati e costosi, i quadri e le suppellettili che impreziosivano ogni ambiente, ma... non è possibile possedere un albero – neppure un falco, d'altronde.

E quella vita era stata davvero sua?

Gli studi lasciati a metà, due matrimoni abbandonati a metà, tre figli che convivevano a metà, tanti libri letti a metà... – e quelli che avrebbe voluto pubblicare, scritti solo a metà.

Quando il suo malessere peggiorava e le lucertole bianche strepitavano più forte e le loro voci gli crivellavano i pensieri, trasformando il suo cervello in un groviglio di vermi, iniziava a preparare cocktail di pastiglie ai quali dava nomi fantasiosi subito dimenticati, che deglutiva con celebrati liquori dal prezzo esorbitante. Dopo un momento, si esibiva in performance comportamentali da "disperato sorridente" – gli piaceva questa definizione del dottor Eugenio Lupis, psichiatra. All'inizio, i vicini accorrevano spaventati, chiamavano il medico del paese e talvolta anche l'ambulanza.

Le premure e la concitazione di quei minuti lo confortavano e alleviavano il suo male torbido, proprio come lo sciroppo, il latte caldo, il fazzoletto inumidito e fresco che la mamma e la nonna gli portavano quand'era bambino, prima di fermarsi per lunghi momenti a vegliarlo nel suo letto di dolore.

Adesso, però, giaceva immobile su un prato e non c'era nessuno. Ma forse era giusto così.

La caduta gli aveva permesso di intraprendere un viaggio dentro quello che in molti avrebbero chiamato il proprio "io", verso un centro sempre più incrostato e distante, imboscato e vagamente insensibile. Sì, aveva vissuto una vita sempre e soltanto a metà, facendosi trasportare e sorreggere dalla sua condizione agiata e dalle persone che lo circondavano, ricche di buoni propositi e interessi.

Aprì gli occhi e guardò il sole – e iniziò a piangere.

Capì come quella macchia gialla e tondeggiante fosse capace di donarsi totalmente e indiscriminatamente al creato, illuminando e scaldando ogni essere e ogni cosa. Era un cuore aperto sia all'alba sia al tramonto. Il sole era un cuore aperto sempre e comunque. E quando scompariva nelle tenebre, mandava baci attraverso la luna.

Ora quel sole pareva un occhio puntato su di lui e voleva penetrare nella sua anima caduta insieme al corpo, per strizzare il nucleo spugnoso intriso di tutto ciò che non era riuscito ad amare.

Si sforzò invano per ricordare un momento della sua esistenza in cui era stato il sole per qualcuno. Una scarica di brividi lo investì.

Dall'alto di un enorme faggio, il falco lo osservava, senza neppure fingere di mimetizzarsi tra le foglie. Avvertiva l'invadenza del suo sguardo acuto, che possedeva la stessa intensità del raggio di sole che gli trafiggeva l'anima.

Silenziosamente, l'uccello gli stava spiegando che, nel volo, usava entrambe le ali. Le sue cabrate e le sue picchiate costituivano i tratti del medesimo disegno: non appartenevano a un volo a metà.

Un volo a metà era qualcosa che non poteva permettersi.

Lui si donava completamente all'aria, si affidava alla sua vista quasi violenta e, quando afferrava qualcosa, serrava forte gli artigli – sia nelle carni di una preda sia intorno a un ramo. Il suo becco colpiva come un rostro, come una scure o come un gancio, e affondava nella soddisfazione della sopravvivenza.

No, non sapeva agire a metà.

Le lucertole bianche si erano zittite e ascoltavano le parole del falco; annuivano in un silenzio quasi mistico.

Voltò il capo verso la villa; poi lo girò dalla parte opposta, in direzione del vialetto che conduceva alla piscina; infine tornò a guardare il cielo. Fu in quel momento che avvertì il desiderio fortissimo di pensare a Dio.

Si rese conto di averlo sempre pregato a metà e di aver creduto in Lui soltanto a metà.

Di nuovo, scoppiò a piangere: un pianto frammisto a riso, al quale si aggiunse una sorta di tremito. Disteso nell'erba, singhiozzava e rideva, come non gli era più capitato di fare dall'infanzia.

Forse non era lui che stava pensando a Dio, ma era Dio che stava pensando a lui, e che gli indicava il cammino per raggiungere l'altra metà di tutto ciò che non aveva vissuto, di tutto quello che l'aveva privato delle magie, dei miracoli, delle gioie e dei dolori.

Gli sembrò che, in un solo istante, la parte in ombra della sua esistenza gli si rovesciasse addosso, scivolando sul suo petto come una macina o una pietra tombale antica.

Fu investito da una teoria di suoni – una musica forse solo immaginata, come se le melodie fossero i canti dei fiori viola e trionfali, che si ergevano impettiti nella grande aiuola.

Era una musica sommessa, ma che permeava ogni cosa e si spargeva ovunque come una brezza atavica, come una dolce pioggia di luce che affogava i dubbi e le zone d'ombra. Era una melodia remota e primordiale, che risuonava dentro ogni campitura di colore, dentro l'essenza di ogni sasso, sopra il ventre liquido del lago, nella galassia fiorita del prato, dove ormai lui era diventato una stella sbilenca con le braccia e le gambe aperte, ma anche un astronauta beato.

Fu allora che decise di parlare per rivendicare la sua esistenza e celebrare il suo ritorno in quel mondo che lo cullava e lo chiamava con sospiri e parole dai mille significati.

Parlò a Dio, al falco, al cedro del Libano, alle lucertole bianche e alla sua metà finora intangibile.

Se fossi capace, canterei.

Con questa voce da ubriaco pentito e con i miei pensieri di filo spinato.

Con queste lucertole luminose e bianche che hanno accarezzato le mie palpebre chiuse, prima che tornassi a guardare i ricami del sole, le trame e gli orditi del mondo e gli intrichi degli anni.

Mi sembra di avere ossa di bambagia, di essere il baccello rugoso che racchiude il bambino dentro di me, quella piccola creatura che non ha mai cessato di essere un seme verde.

Quando mi alzerò, anch'io sarò un albero e scrollerò via le foglie di quello che è stato e nutrirò le gemme con ciò che diventerò.

Adesso so cosa posso prendere dal mondo e cosa devo dargli.

È arrivato il momento di alzarmi, di rimettere in piedi la mia figura plasmata nella gomma da masticare, che si muove con passo incerto, che proietta un'ombra che traballa, la quale vuole spingermi lungo sentieri dimenticati, infestati da erbe che li hanno sepolti e custoditi – sentieri che mi sento in obbligo di ripulire.

È perfettamente inutile avere un giardino, se non si accetta di fare il giardiniere, quando serve.

Si alzò lentamente, come gli venne suggerito dalle lucertole bianche – quella fu l'ultima volta che si presero cura di lui. Prima di andarsene, gli rivolsero uno sguardo affettuoso, amorevole. Le osservò mentre svanivano come rigagnoli chiari e le ringraziò.

Accarezzò il grande albero da cui era caduto: reputò insufficiente quel gesto, e allora lo abbracciò stretto. Nonostante l'enorme dimensione del tronco, capì che quello non era un abbraccio a metà. Anche l'albero lo capì.

Staccò una foglia aghiforme da un ramo basso del cedro e la fissò, tenendola tra le dita come se fosse una pietra preziosa, la stella verde di un universo fantastico.

Pensò che quell'albero gigantesco aveva foglie pressoché invisibili. Tantissime, però.

Matador

1. Il pranzo

I bicchieri sono ancora vuoti, illuminati da una frustata di sole che arriva dal lago e sferza il tavolo lungo. Per il momento, sono soldati implotonati, trasparenti e scintillanti, carichi di promesse riguardo al fatto che, quando saranno armati, verranno da me e cominceranno a scrivermi dentro frasi confuse e agitate, usando il loro inchiostro rosso o giallo, pallido o ambrato, spumeggiante o fermo.

Spunta il braccio ossuto di un cameriere, solcato da vene, autostrade e raccordi. Riso e rane: ecco cosa promettono dalle cucine. Intravedo un fritto misto selvaggio: non plana sul nostro tavolo, ma prosegue il suo cammino fino alla sala giù in fondo. Un dito grasso come una salsiccia indica al ragazzo delle bevande che la caraffa è vuota.

Una terrazza sul lago, con un caposala burattinaio e mago che danza solitario tra sedie e vasi di fiori. Potrebbe essere anche un direttore d'orchestra nevrotico, oppure un generale spietato in un campo di battaglia di una qualche guerra sudamericana.

Tra poco arriveranno le libagioni, e tutto quello che ho vissuto dentro e fuori dal bicchiere stanotte, tornerà a galla, battendo la coda tra le bolle colorate della sbronza, tra gli stracci di nuvole che si impiglieranno nelle ciglia degli occhi, mentre i miei pensieri veleggeranno in mongolfiera.

Guardo le cose come se le stessi masticando e sudo dentro una camicia troppo pesante per questa giornata – no, non si tratta di un sudore nervoso, non sgocciola apprensione.

So comportarmi in modo educato e sono molto abile a mettermi in scena, anche se in questo momento non riesco a capire quale magia mi consenta di ridere amabilmente con i commensali seduti al mio tavolo, visto che mi sento a bordo di un vascello che sta affondando.

Nella bocca percepisco uno strano sapore di sillabe e pietanze disperate e succulente, un gusto che mi scivola fin dentro le orecchie. Lego fasci di parole e stringo il nodo, e poi lancio vigorosamente nell'aria le mie frasi. Come un boomerang, mi ritorna un punto di domanda e mi colpisce sempre in pieno petto.

Cosa ci faccio qui? Tutti sembrano apprezzare la mia presenza e la mia conversazione senza filtri: mi chiedo se davvero comprendano il senso ultimo dei suoni che erutto verso un cielo che ha conservato un pezzo di luna simile a uno spicchio d'aglio. Il cinghiale a capotavola si è macchiato i pantaloni e ruggisce contro un mondo che lo vuole sempre sporco, bestemmia contro le divinità delle tavolate e gli schizzi d'unto.

Una riva in salsa verde, sulla quale si frangono onde che

mescolano insalata di alghe e rottami. La tristezza di una morte in carpione, la dignità di un'oliva col suo cofano verde e lustro: il nocciolo che sputo era l'autista?

Ho instillato zucchero extrafine nei miei occhi, per non vedere il retrobottega delle vite di coloro che siedono attorno a questo rettangolo apparecchiato. Ho fatto scivolare cubetti di ghiaccio e incantesimi frizzanti nella cornamusa del mio ventre per non crollare, per non dimenticare la mia posizione nell'azienda, gestire gli equilibri e valutare i dettagli: dire cose giuste al momento opportuno, specialmente con quelli che potrebbero diventare i nostri nuovi clienti. Quasi un'impresa da alchimista!

Il capo mi guarda con un accenno di sorriso sul quale sono stampate le parole "Stima&Fiducia". Abbasso lo sguardo e mi concentro sull'eleganza dell'uovo in camicia e cravatta: una presentazione impeccabile.

In un gesto di simpatia, l'ossobuco mi strizza l'occhio, indicando l'ammucchiata rosa e vergognosa dei gamberetti nudi e depravati. Un mistero arcano alligna nell'involtino, trafitto dagli stuzzicadenti tipo bambola voodoo. La cotoletta è incipriata e pallida; il brasato scuro ed esausto; il lavarello è una pagina quasi immacolata, scritta soltanto dalle sue lische.

Arrivano i contorni e, rapidi, si schierano come scudieri accanto al filetto impettito e decorato.

Ma quante pietanze dobbiamo ingurgitare, per definire le clausole del contratto e procedere alla firma? Ventotto? Centosei? Con o senza Diger-Seltz?

Chi sono? Che lavoro faccio? Dove ho imparato a fare l'acrobata sulle punte di una forchetta?

Io sono soltanto lo schiavo sorridente di una tavola che non farà mai surf ma, nel mio intimo, mi sento come la biglia scivolata fuori di tasca a un bambino che rubava le mele. Neppure il cavallo della sbronza – quello che sta tornando a galoppare dentro di me – mi potrà salvare, portandomi lontano da questo tavolo e da questa realtà.

Vortica l'occhio rosso del vino, e tutti tuffano il naso nella rosa che disegna sulle pareti del bicchiere: annusano un petalo dopo l'altro ma, tra poche ore, ricorderanno solo le sue spine.

Si brinda a qualcosa che non esiste ancora. E si grida sempre più forte, mentre si finge di conoscere da una vita le persone incontrate frettolosamente in un paio di occasioni, fino a due ore fa.

Vini e liquori non permettono alle labbra di sprofondare in una solitudine disperante: si tuffano dentro la bocca ridanciana e scendono veloci nel pozzo oltre la gola. Durante la discesa, graffiano; poi, quando i loro fumi risalgono, martellano forte e torcono le corna alle frasi in procinto di venir pronunciate.

Un segugio abbronzatissimo con una giacca a quadretti e una catena d'oro al collo sta spolpando un coniglio come se fosse posseduto da una fame atavica. Lì accanto, una megera mostra denti costellati di rucola mentre urla il finale di una barzelletta.

Il capo mi guarda con un sorriso finalmente aperto e annuisce: vuol dirmi che ormai è fatta, che il nostro obiettivo è stato raggiunto, che tutti sono ormai ubriachi, tranne noi due. E che adesso posso infliggere la stoccata finale… Io, il suo *matador* preferito. Dopo aver gestito con astuzia e grazia questa corrida manageriale, adesso devo solo impugnare la penna come una spada e, con un ultimo e impeccabile gesto, sottoporre al cliente il contratto da firmare, magari gridando "Olé!" Accadrà forse dopo la torta.

Eccola che arriva su un carrello cromato e intovagliato, guarnita e vanitosa, pronta a sperimentare l'arte magistrale di un chirurgo cameriere, obbligandoci a scegliere inevitabilmente un altro vino.

C'è sempre un bicchiere che non ho ancora bevuto, che mi guarda e sghignazza con un riflesso di braccia conserte e mi aspetta. Cerco sempre di ignorarlo, se ripenso alla mia pancia da foca che tremola nel tentativo di scavalcare la cintura, e mi impongo di infilare una museruola alla mia sete. Devo aspettare a liberarla. Devo prepararmi per il colpo definitivo. Quando il contratto verrà firmato. Poi, calerà il sipario su questa messinscena, e io potrò tornarmene a casa e bere tutto ciò che desidero, nei bicchieri che voglio.

E allora, chi sono io? Sono un killer al quale non trema la mano neppure se trinca a oltranza, che sa prendere la mira mentre gli altri barcollano e che, alla fine, colpisce sempre il centro del bersaglio. Sono il *matador* aziendale che non ha mai fallito, il manager torero che deve le proprie fortune alla condizione di alcolista e non alle mille pagine di economia sociale che ha studiato.

Se uno sceglie di vivere in compagnia di una bottiglia, impara a mentire morbidamente e a trattare gli altri con giovialità, per evitare fastidi e problemi. Una mia grande dote è quella di far sentire sempre le persone a proprio agio, accettate e serene: uso sia gesti delicati sia atteggiamenti sfrontati, geometrie oblique o discorsi a spirale con l'intento di rassicurare e blandire il mio interlocutore. Poi mi trasformo nel *matador* e colpisco.

Sono un killer, ma principalmente sono un bugiardo indispensabile per chi mi paga: so bere in modo vergognoso, senza mai diventare sincero. *In vino veritas* è soltanto propaganda. Adesso vado al cesso e, quando tornerò al tavolo, concluderò questa ennesima pagliacciata.

Il corridoio è fresco. I quadri sulle pareti mi sembrano osceni, ma la luce soffusa li rende quasi accettabili e mi conforta.

Mi sciacquo il viso e mi guardo allo specchio. Sono più accaldato e sporco di prima.

Non ho un trono, oggi, e neanche una seggiola sfondata da osteria.

Vorrei essere la biglia scivolata fuori di tasca al bambino che rubava le mele, e invece mi trovo a percorrere in senso inverso questo corridoio che conduce nell'arena.

Toh, guarda! Prima non l'avevo notata, sebbene stessi pensando a toreri e sicari.

Appesa sopra una vecchia falce e un setaccio da contadini, sul muro c'è una vecchia sciabola. Potrebbe risalire all'epoca di Garibaldi: è fantastica, sembra nuova! Chiedo a un cameriere col papillon se la posso ammirare da vicino. Sale su uno sgabello recuperato nell'antibagno e la prende. Soffia via la polvere e me la consegna.

Esco sul piccolo balcone impreziosito da un pergolato e la osservo con attenzione: è perfetta. Lucida, senza un segno di ruggine.

Colpisco piano il verde della vite che mi sovrasta, e una foglia si stacca. Tiro un secondo fendente, per accertarmi che quella caduta non sia accidentale. Un'altra foglia volteggia e scende: la lama è affilata.

Raccolgo entrambe le foglie e le guardo in controluce. Sono bellissime. Nonostante il mio amore appassionato per il vino, non mi sono mai soffermato – neppure per un istante – a osservare le foglie sotto le quali crescono i grappoli. Sono basito, e fisso le meraviglie verdi che stringo in mano: nelle loro nervature mi sembra di leggere tutto ciò che ho dimenticato di essere stato.

Con delicatezza, infilo nel taschino della camicia le due figlie della vite, mentre serro nel pugno sinistro la sciabola antica, stringendo forte.

Rientro nel locale e percorro il corridoio, attento a non urtare nulla. Mi dirigo dove sono atteso.

2. Il messaggio

Ciao Giò. Scusa se ti mando soltanto ora questo messaggio vocale, ma ho avuto dei casini con il cellulare. Cioè, mi si era scaricato.

Siamo stati a mangiare sul lago, nel posto che ci hai indicato, e credo che sia perfetto come location della festa.

Però, cazzo, non sai cosa ci è capitato: una storia allucinante! Mauro ha fatto il video e ha detto che lo manda a tutti.

Be', alla fine del pranzo, un tizio in giacca e cravatta è uscito dal cesso con una spada da ussaro, è salito sul suo tavolo e ha iniziato a urlare come un pazzo, prendendo a sciabolate la tor-

ta pronta per essere servita… E tutta quella gente in stile Wall Street scappava, e quel disgraziato – impassibile – tirava fendenti a destra e a manca: voleva sfasciare ogni cosa.

Un casino infernale, tutti gridavano. Poi sono arrivati i caramba e lo hanno portato via, e lui continuava a ridere. Mah! Io ero vicinissimo e, a un certo punto, prima che lo ammanettassero, mi ha guardato e mi ha lanciato due foglie che teneva nel taschino della camicia. Uno fuori di testa, al cubo. Chissà quanto aveva bevuto. Comunque ti chiamo dopo e ti racconto bene.

Ah... non abbiamo pagato: il proprietario si è profuso in mille scuse per l'accaduto. Quindi, per il pranzo, dobbiamo ringraziare l'ussaro sbronzo. Ci sentiamo dopo. Ciao.

t.

Il pensionato

Le scarpe nuove erano comode. Avevano una forma assurda, ma erano davvero confortevoli e, da quando le aveva acquistate, camminava più di quanto facesse prima. Le aveva pagate una cifra ragionevole e gli sembravano piuttosto robuste.

Dopo avere percorso tutto il viale, sgranocchiandone la ghiaia bianca con le suole di gomma, si lasciò andare dolcemente contro lo schienale della sua panchina preferita, che lo attendeva disponibile e spalancata come le valve di una conchiglia predisposta a un abbraccio materno. Fissò le proprie scarpe, soddisfatto; poi soffermò il suo sguardo sui pantaloni color tabacco: avevano già qualche anno, eppure non lo dimostravano. Considerò la cintura: era molto più vecchia dei calzoni, tuttavia svolgeva il proprio compito ancora egregiamente, sebbene avesse la fibbia segnata e la pelle screpolata. Il bianco della sua camicia non era perfetto, come quello delle réclame dei detersivi, ma ricordava quella tinta che talvolta il latte assume quando viene baciato da una goccia di caffè. Era una camicia con le maniche lunghe e un taschino, nel quale teneva degli occhiali da lettura –

detestava portarli ciondolanti al collo, legati a un cordoncino o a una catenella. Chiunque l'avesse visto seduto lì, avrebbe tranquillamente pensato che fosse un pensionato, vestito da pensionato e con un atteggiamento da pensionato, sereno, ordinato e pronto a mimetizzarsi tra altri individui della sua specie.

Ma a quell'ora del mattino – era davvero presto –, nessuno si recava in quel luogo, oltre a lui: gli insonni, i podisti, i professionisti dell'alba preferivano altri percorsi. Soltanto l'uomo dalle scarpe nuove penetrava nel gomitolo di ombre umide, con i pensieri ancora impregnati di sogni, lasciandosi rapire e confondere dai suoni scroscianti dei filamenti liquidi della fontana. Se ne stava seduto lì, sulla panchina, con un abbigliamento da pensionato – quello che, in fondo, aveva scelto di adottare per tutta la vita –, e con la mente visitava luoghi che gli altri ignoravano, studiando cose delle quali il mondo non immaginava nemmeno l'esistenza, cercando segnali e impronte misteriose di cui gran parte del genere umano era all'oscuro. Come da ragazzo, anche adesso sedeva su un trono etereo, tra una luce non ancora palese e un'oscurità che andava stemperandosi, in bilico su un filamento argentato come una goccia di pioggia aggrappata a una ragnatela. Attorno a lui… fantasmi. Fantasmi, ovunque.

Una lumaca immobile su una pietra bagnata lo osservò mentre estraeva dalla tasca destra dei calzoni il piccolo quaderno viola e la solita penna scura. Protrasse le antenne e forzò i suoi occhi telescopici – due tentacoli spioni – e, some sempre, prese a sbirciare che cosa stava scrivendo.

Presenze, spiriti, spettri... entità che non si pongono più nemmeno la domanda sulla propria esistenza reale. Fantasmi e ancora fantasmi: io li vedo. Ma forse loro esistono soltanto per ostinarsi a guardare me. Fantasmi ovunque. Fantasmi comunque. Con i punti interrogativi ricamati sulla tela candida, semmai tu voglia vederli mentre si aggirano con indosso un lenzuolo come nei cartoni animati. Oppure preferisci immaginarli simili ad arlecchini sbiaditi, con una maschera da saldatore, mentre riparano e dirottano i riflessi e i bagliori di una luce sghemba, mentre ritagliano rombi di ombra e aggiungono colori acquerellati? In qualsiasi caso, nel parco impazza sempre il verde nuovo e, con il loro megafono bianco e giallo, le margherite urlano alla luna ritardataria di smammare. Sono tante e sono unite, e – penso – felici della loro esistenza di margherite.

I fantasmi si muovono veloci, oppure restano immobili. Sventolano bandiere antiche, faticosamente: talvolta sono drappi sfilacciati; talaltra, sembrano inzuppati dagli umori di tutti i cieli nei quali hanno sventolato. Impugnano rastrelli, con i quali rimuovono i filamenti dei pensieri, o magari li ammucchiano in un cantuccio, sotto il chiarore di latte di un cielo irreale. Quando sottraggono ombre o luci, si premurano di lasciarne sempre di nuove, giù in fondo al viale. Sì, i fantasmi sono onesti e leali.

Nei pressi della fontana dal corpo di pietra antica chiazzata di verde volteggiano sirene, ninfe, anguane e silfidi, dame umide di rive e rigagnoli perduti dentro giorni ormai anziani, vestiti con la pelle liscia dei pesci che nuotano incessantemente in un mare cosmico, con la pelle liscia che riveste il cielo dopo la pioggia. Giocano a nascondino tra i cancelli rugginosi di questo parco, mai aperti o chiusi del tutto. Danzano sotto i salici piangenti, accarezzano i ricordi più nascosti dei passanti e li risvegliano. Imperatrici degli spruzzi, sovrane di innumerevoli galassie di gocce simili a schegge di specchio, mostrano a ogni essere umano, tutti gli individui che è stato, tutti gli sguardi che ha confuso e perduto, tutti i volti che ha dimenticato. C'è un mostro di pietra – metà leone, metà rapace – a difendere la fonte, a sorvegliare gli zampilli che vivificano il muschio spugnoso e la distesa di ninfee.

Laggiù, oltre il folto d'alberi dove il parco si allarga, adesso si scorgono figure in movimento persone, occhi, borse, riflessi di chiavi: sfilano abiti desueti per questo paese, si levano fumi azzurrognoli di tabacco e qualche bicicletta frena, segnando la ghiaia. Ma tutto ciò non appartiene agli abitanti del mondo invisibile e segreto che si mimetizzano nel profondo di ogni cuore: gli altri si ostinano a vivere nella finzione, e questo li rende appagati e felici. I camminatori distratti, i lettori di quotidiani freschi di stampa, gli amanti illusi, i solitari con il cellulare incollato all'orecchio, gli impiegati stanchi e frettolosi non si spingono mai fin qui, non prestano mai attenzione alle magie di questo luogo. Si agitano, sbuffano, si inseguono... Talvolta il loro sguardo mi attraversa come il fiato del trombettista nello strumento, trapassa le mie carni, il mio corpo, come fosse soltanto sognato – e non si accorgono neppure di avermi incontrato. Mi volto e mi avvicino alle piccole foglie dell'acero del Giappone, sanguinose e stupende. Mi chino per raccoglierne una appena caduta: la infilerò nelle pagine di questo taccuino.

Quando il pensionato chiuse il quadernetto e, insieme con la penna, lo ripose nella tasca, la lumaca ritrasse leggermente le antenne e sviò lo sguardo: anche per oggi il sipario era calato sullo spettacolo. Si accingeva a strisciare verso i suoi impegni.

A quel punto accadde qualcosa di incredibile.

Il pensionato e la lumaca rimasero immobili, stupefatti, al pari dei fantasmi e degli spiriti d'acqua. Tutti si volsero verso la sposa che avanzava lungo il viottolo nascosto dall'erba, diretta verso la fontana. Indossava un lungo abito bianco, sul quale risaltavano i capelli nerissimi, acconciati in uno chignon di trecce che sprigionava riflessi corvini. Sembrava Minerva e, camminando, quasi non toccava il suolo; nella mano destra, aveva un fascio di fiori dai colori quasi insolenti – pareva uno scettro. Nei suoi occhi non c'erano né pudori né dubbi né risentimenti.

Il pensionato si alzò rapidamente dalla panchina, in un gesto carico di riverenza, quasi a voler rimarcare il suo saluto silenzioso. Si sentiva goffo e buffo con quelle scarpe, ma il suo cuore era colmo di gioia perché il destino gli aveva offerto la possibilità di assistere al passaggio di una creatura eterea come un fiore di altri mondi.

Fissò il volto della donna e, sbigottito, notò che era il mosaico armonico e perfetto di tutte le persone che aveva amato o immaginato di poter amare, anche soltanto per un momento. Lo sguardo della sposa disegnava cerchi concentrici sulla sua figura: immaginò il volo di un cormorano sulle note di una sinfonia ancestrale. Comunque, quelle occhiate lo trafiggevano e lo paralizzavano, e gli ricordarono il doloroso attacco di una tracina che aveva subito al mare, da ragazzo.

Poi il volto di quella donna celestiale si illuminò di un sorriso. Trasse un sospiro e, in modo disarmante, con un gesto quasi impercettibile della mano, lo invitò a raggiungerla.

Il pensionato esitò, vacillò. Ma rimase immobile, con i piedi ben saldi sul terreno.

Fu allora che intervenne il mostro di marmo della fontana. Con i suoi fiotti e i suoi spruzzi, ruggì:

Non hai capito chi è, Alberto?

È qui per te... Non è venuta per nessun altro.

È fatta della materia dei sogni, proprio come tutti coloro che abitano questo luogo. Lei, però, è speciale.

È fatta della materia del tuo sogno: quello che hai creduto di aver abbandonato mille volte, ma che ti ha seguito a ogni passo. Il sogno di quel matrimonio che hai sempre immaginato, ma che non è mai stato celebrato, perché tu hai scelto di viaggiare dentro te stesso, di ricercare il tuo essere sino ai confini dell'immaginazione. Tu hai condiviso la tua esistenza per indagare le distanze tra il tuo mondo e il nostro... In un certo senso, tu hai sposato noi. Ci hai tradotto in poesia e, attraverso le venature e gli umori del tuo sguardo, noi abbiamo vissuto. Hai raccolto foglie proibite ai piedi di alberi fantastici per nutrirci e farci crescere. Ora siamo noi a dover offrire qualcosa a te. Dopo una vita di inseguimenti, il tuo sogno ti ha raggiunto: è tempo che tu vada... È giusto così. Ricorda: i fantasmi sono onesti e leali.

L'addetto alla vigilanza del parco, incrociò un ragazzo della squadra di canottaggio in tenuta da allenamento. Entrambi si fermarono a osservare la sagoma di un uomo anziano, con un paio di scarpe assurde che camminava adagio in fondo al viale, muovendo il braccio destro in modo strano, come se stesse tenendo per mano il vento.

Ungia negra

Dove il paese si arrampica sempre più in alto, lungo i seni della valle, finisce per sciogliersi in frazioni piccole e sperdute, che nascondono persino il loro nome.

Là, tra un torrente che conserva il suo cattivo umore nelle varie stagioni e un bosco malfidente, sempre indeciso su quanta luce del giorno lasciar passare, c'è una vecchia casa di pietra: una casa quasi invisibile, se non si aguzza lo sguardo oltre i crinali e le rocce.

Ci vive una donna che, da tempo, ha smesso di contare gli anni e di percorrere il sentiero che porta al borgo, all'unica chiesa, a qualche rara bottega e alle persone che non se ne sono ancora andate.

È molto riservata ed è difficile incontrarla: non vuole vedere gente e, per andare a trovarla, bisogna avere un motivo assai valido, altrimenti – così dice – sarà la foresta stessa a impedire di arrivare a battere alla sua porta.

Gli abitanti del paese preferiscono evitare quel lembo selvatico di mondo e, soprattutto, quella che reputano la sua unica sovrana, la quale sembra ammantare con la propria presenza anche gli alberi severi, la terra arcigna, le rocce e i ruscelli.

Ogni essere che striscia o vola, che corre o nuota, ogni entità visibile o invisibile che abita quel territorio sperduto è legata indissolubilmente a lei: una regina oscura e taciturna, che impugna un bastone colorato e contempla il proprio regno, sia nell'alba lacrimevole come un occhio sia al tramonto che rovina tra quei monti come una frana ghiaiosa.

Le creature del bosco la osservano mentre le sue dita nodose si stringono attorno al manico di una zappa o di una scure, quando l'attrezzo sta per colpire il proprio bersaglio con la precisione di un nibbio o con il rigore di una cascata dopo il temporale. La guardano, e si dicono che la precisione e la maestosità dei suoi gesti sarebbero identiche se maneggiasse una falce, una roncola, un rastrello o un martello, foglie dipinte o pietre sulle quali risaltano segni sconosciuti. Sono abituate a lei, quelle presenze: a lei che, rifuggendo la compagnia dei suoi simili, si è conficcata sempre più profondamente nelle carni della natura.

La volpe le si avvicina piano, sperando in un boccone di cibo – lo otterrà. Così come i cinghiali avranno sempre qualche tubero o alcuni avanzi di frutta e verdura, senza dover rivoltare la terra intorno alla sua casa. La donna li guarderà mangiare, e loro non scapperanno. Come ogni giorno, gli parlerà di mondi ultraterreni e di tempi lontanissimi, utilizzando parole di una lingua che allontana qualsiasi viandante: dalle sue labbra non si spande certo un canto di sirene.

È assai raro che qualcuno pronunci il nome del luogo dove vive, del suo regno abbarbicato sull'aspra costa del monte: quando accade, subito tutti i presenti sputano per terra o si perdono in mille scongiuri. Sì, Ungia Negra è un posto davvero maledetto.

Ungia Negra: di sicuro, quel nome è legato al lastrone di roccia molto scura che campeggia accanto alla cascata del Prêtre Noir e che ricorda una grossa unghia nera all'estremità di un dito gigantesco, teso a indicare lo strapiombo sottostante.

Così come viene taciuto il nome del luogo, anche quello della sua sola abitante subisce il medesimo destino. Quando ci si deve riferire a lei durante una conversazione, si impiega uno degli innumerevoli soprannomi che la gente ha escogitato nel corso di decenni, per allontanare da sé tutte le energie negative che persino quel semplice suono evoca. Ecco perché capita di ascoltare persone che si riferiscono alla Senza saangh, alla Cagnabìss o – quelle più timorose – a Quèla dona sö là. Nessuno si azzarderà mai a pronunciare il nome di Maddalena Spina.

Eppure l'Innominabile era una ragazza allegra e robusta, con una risata schietta che risuonava nelle viuzze del paese come una benedizione; una sorta di maschiaccio che saliva e scendeva la montagna con passo velocissimo, con la treccia nera che batteva sulle spalle. Cantava in chiesa, sapeva consolare i bimbi in lacrime e rasserenare i vecchi inclini alla tristezza. Non temeva di rivendicare le proprie opinioni, si prodigava per la comunità e accettava ogni sfida con il sorriso sulle labbra. Era una sorta di tornado benefico che si sforzava di abbellire la vita dei suoi compaesani e persino delle bestie, con le quali cercava di comunicare per mezzo di carezze, buffetti e parole sussurrate – alcuni sostenevano che ci riuscisse; altri scrollavano la testa e ridevano.

Dal padre – un fotografo che girava il mondo –, aveva ereditato la passione per i libri, mentre dalla madre – originaria del Messico, di discendenza azteca – aveva preso gli altri mille interessi. Poiché i suoi genitori vivevano lontano dal paese per lunghi periodi, tentarono ripetutamente di convincerla ad accompagnarli, ma lei preferì sempre la valle dov'era cresciuta e, alla fine, venne quasi adottata dalla comunità.

Crescendo, si trasformò in una donna dai tratti incantevoli, con un corpo sensuale e muscoloso che affascinava i rari forestieri che arrivavano in paese. Imparò a conoscere tutti i sentieri della valle, i passaggi rischiosi tra le gole delle montagne, spingendosi sempre più in alto, in luoghi inaccessibili. Alcuni cercarono di imitarla; altri, di seguirla; altri ancora si innamorarono di lei e si sforzarono di convincerla a partire. Ma Maddalena Spina sembrava legata in modo indissolubile al suo mondo e alla sua gente.

Con il passare degli anni, il suo legame con le forze di quella terra e con i riti degli animali divenne sempre più sorprendente, e lei coltivò una sensibilità speciale nei confronti della natura. Di sicuro, Lena – come la chiamavano tutti – aveva letto moltissimi libri, magari con titoli pressoché sconosciuti da quelle parti: volumi che nessuno si sarebbe mai sognato di andare a cercare e che, comunque, avrebbe fatto molta fatica a procurarsi – lei, però, aveva un padre che girava il mondo ed esaudiva i suoi desideri. Comunque, i suoi interessi particolari e la sua capacità di riconoscere e penetrare l'essenza delle cose e degli eventi, secondo l'opinione comune era riconducibile alla discendenza azteca della madre. Anche se alcune sue attività diventavano sempre più misteriose e insondabili, la disponibilità e la gentilezza che caratterizzavano il suo impegno per alleviare le sofferenze altrui la rendevano una presenza assai apprezzata. Anzi, spesso Lena veniva interpellata per un aiuto o un consiglio.

Poi arrivò il giorno del serpente arcobaleno. Il giorno del fumo e del tuono. Un temporale che sconvolse la sua vita e le impose un nuovo cammino, lungo un sentiero duro e pericoloso, solitario e impervio. Un sentiero senza ritorno.

Un mattino di mezza estate, Maddalena si alzò molto presto e, nonostante il cielo mostrasse tinte poco rassicuranti, infilò gli scarponi e si incamminò verso le rocce sopra la cascata, là dove sapeva di potersi liberare dalle scorie di un sogno che l'aveva fatta rigirare nel letto come una cotoletta nella padella e dove avrebbe potuto recuperare le energie indispensabili alla sua opera attraverso le pratiche apprese su libri quasi sconosciuti.

S'inerpicò veloce lungo il sentiero e, man mano che saliva, vedeva la luce dell'alba trasformare la valle in una tovaglia d'argento e, poi, pitturarla di un verde irreale con sfumature di giada e smeraldo. Non avrebbe mai consigliato a nessuno di incamminarsi sui monti in una mattinata simile: era consapevole che presto sarebbe arrivato un temporale, ma lei sapeva perfettamente dove dirigersi e dove ripararsi. Era salita lassù proprio per incontrare quella tempesta di lampi, pioggia e tuoni: ne avvertiva il bisogno. E non era certo la prima volta.

Quando, senza alcun preavviso, il cielo color petrolio esplose, un fulmine cancellò ogni ombra dalla terra, firmando la sua impresa con un ghirigoro elettrico e accecante nell'aria muta. Dopo pochi istanti, un tuono sembrò squarciare i brandelli di nubi, i lembi di un sudario sempre più livido. Istintivamente, Lena si gettò a terra, quasi fosse stata sorpresa da un bombardamento. Il bosco reagì all'insulto rombante, e ogni foglia si agitò dentro un vento arrivato fin lì dopo una lunga corsa silenziosa. Tutto era magnifico e terribile. Ovunque dilagava la forza della natura, e lei si trovava proprio al centro dell'eterna spirale degli elementi, dove il mondo chiaro si compenetra con quello oscuro, dove la materia si scioglie e si coagula.

Caddero le prime gocce, violente e acuminate come spilli. Lena le accolse senza timori né sorpresa – era soltanto impressionata dalla velocità e dalla furia di quella scena. Decise di ritornare sui suoi passi, di ridiscendere a valle lungo un sentiero appena visibile, che pochi conoscevano. Puntò dritto verso l'Ungia Negra, con l'intenzione di raggiungere la vecchia cascina di pietra, un rudere usato anticamente come deposito o riparo per cacciatori e cercatori di funghi.

La pioggia aumentò d'intensità. Le folate di vento incalzavano Lena, la sospingevano fin quasi al punto di farla cadere con il volto nel terreno. Di corsa, arrivò alla casupola di pietra scura, costellata di chiazze di muschio, licheni e piante rampicanti. Si ritrovò di fronte a una porta marcia e tarlata: la spalancò con un calcio e scivolò dentro un buio antico e insondabile.

Avanzò di qualche passo, e una figura saettò via verso la luce e la pioggia. Lei si ritrasse con un balzo da animale selvatico e urtò alcune forme nell'ombra: quando il brivido di paura l'abbandonò, il suo sguardo stupito si sforzò di seguire il fuggitivo che, dopo un attimo, svanì nel sottobosco, in direzione di un avvallamento, sul ciglio del quale si intravedevano alcune pietre sistemate ordinatamente che rimandavano ai resti di un'improbabile scala.

Nel corso della sua vita, non aveva mai visto una serpe con colori così incredibili, con squame che disegnavano arabeschi fantastici sulla sua pelle setosa. Era un rettile rosso, ma anche giallo, striato di blu e, se non aveva visto male, con qualche frezza di verde. Suo padre aveva fotografato serpenti corallo e altre bisce dalle tinte stupende, ma molto lontano da lì.

Incurante della pioggia, raggiunse il punto in cui il serpente era scomparso e si rese conto che, in effetti, le pietre indicavano davvero l'imbocco di un sentiero, anche se scosceso e invaso da mille erbacce. Quei sassi costituivano una scala disperata, che non aveva mai visto né immaginato.

Poco più in basso, notò uno spiazzo, una sorta di balcone naturale sullo strapiombo di fronte alla cascata e al terrificante dito di roccia con l'unghia nera. Poi si accorse della presenza di una grotta lì accanto, poco distante dalla quale si apriva uno strano cunicolo che penetrava nel ventre della montagna. Nessuno avrebbe potuto vederla, se non guardando da quell'angolazione: era protetta sia dalla vegetazione sia dalle gigantesche concrezioni rocciose e spioventi. Da altri punti della valle e da altre prospettive, avrebbe dovuto notarla nei suoi vagabondaggi tra quelle gole – e invece non era accaduto.

Si sentì assalire dal fuoco sacro che anima gli esploratori di fronte a una scoperta inattesa e, senza neppure considerare i rischi derivanti dal terreno fradicio, iniziò la discesa, aggrappandosi a rami e sterpi, affidandosi all'elasticità e alla resistenza dei suoi muscoli, sfruttando le sue movenze da lucertola acrobatica. Dopo alcuni minuti, arrivò alla grotta.

Entrò come se fosse la sua casa, e si ritrovò in una camera rocciosa circolare. All'apparenza, non c'erano altri ambienti. Probabilmente si trattava di una cavità naturale, che qualcuno aveva poi modellato e allargato, lavorato e adattato, sulla base di un progetto che lei ignorava. Nonostante il maltempo, la luce proveniente dall'esterno riusciva a illuminarla, specialmente quando scoccavano i lampi.

Al centro della caverna, il cui diametro era di circa sei metri, si stagliava un parallelepipedo di pietra che faceva pensare a un altare: l'ara di un culto primordiale.

Un altro fulmine e poi un tuono. Ma adesso il temporale stava per abbattersi nell'intimo di Maddalena. Una forza ignota e assoluta squassò ogni sua fibra, beffandosi della resistenza che opponeva. Vide i colori del serpente arcobaleno impadronirsi delle pareti della grotta, che presero a vorticare intorno a lei. Tremò e sudò; poi venne assalita da una sensazione d'angoscia che le serrò lo stomaco e le trapanò le viscere. Si accasciò e vomitò, prima di stramazzare sul suolo roccioso. Chiuse gli occhi: nella sua testa, tutto si muoveva in orbite concentriche. Perse i sensi.

Si librava in uno spazio indefinito e in un tempo fluido, dove si susseguivano immagini ed eventi: fu testimone di una serie di scene che si svolgevano in epoche differenti. Ammirò il lavoro di coloro che scavarono nella roccia e costruirono l'altare. Poi, in una sorta di terremoto, le visioni la seppellirono: erano diventate diapositive malvagie, cariche dell'odio secolare che permeava quel luogo dimenticato.

Uomini e donne con indosso pelli di animali e scorze d'alberi. Maschere di foglie intrecciate, orribili e cattive, dipinte di un rosso marcio. Macchie di sangue su pugnali preistorici, prima di selce e poi di ferro. Vittime… Sacrifici sull'ara a forma di parallelepipedo: sacrifici prima animali e poi umani. Uomini, donne, bambini… Rituali accompagnati da canti sgraziati e furiosi, da invocazioni in una lingua perduta nel tempo. Litanie morbose e gutturali, con un suono devastante: impossibile comprenderne il senso, ma si capisce facilmente il male di cui sono intrise. Quel male che risale la valle, dilaga nella foresta, si impossessa delle piante, degli animali e degli esseri umani; quel male che avanza lento e spietato, che si muove come un rastrello che non risparmia niente e nessuno.

Uno scarto del tempo, e arrivano soldati con armature malconce e armi stanche: legano ai tronchi figure femminili dagli sguardi allucinati e morenti. Riecheggiano preghiere in latino e in lingue sconosciute, poi le armi impongono il silenzio. Adesso quelle donne sono corpi che scivolano e rimbalzano sulle rocce a strapiombo, verso una tomba senza nome che spalanca la sua terra sul fondo del burrone di Ungia Negra.

Un altro scatto del tempo, e compare una figura vestita di un saio scuro. Porta un cappuccio e impugna un bastone variopinto, con gli stessi colori del serpente arcobaleno. Nel luogo dove adesso sorge la casa di pietra, costruisce una capanna che diventa la sua dimora. È un eremita, ha un incarnato pallido e gli occhi quasi blu. Il suo volto è costellato di tatuaggi e cicatrici che sembrano disegnare simboli arcani. Prega, accende fuochi, punta il bastone multicolore verso la vallata e suona un tamburo di pelle, per scacciare il male annidato nella grotta. È una lotta ciclopica ma, alla fine, il sant'uomo trionfa: sconfigge la luce nera, libera le piante, gli animali e gli esseri umani e offre loro una nuova esistenza. A quel punto, il male scava un cunicolo e si rifugia nel ventre della montagna.

L'ennesimo balzo del tempo, e la capanna dell'eremita è stata sostituita da una casa di pietra. È abitata da un uomo con i capelli molto lunghi, che porta una collana variopinta con i colori del serpente arcobaleno: sono le tinte che utilizza per dipingere sulle foglie gli assurdi segni delle cicatrici che costellavano il volto dell'eremita. Sono simboli che hanno attraversato i secoli, rendendo quel luogo un avamposto della lotta contro il male – contro le energie malvagie che avevano colonizzato un'intera valle per via di un altare maledetto. Il suo braccio destro è ornato dal tatuaggio di una serpe, e spesso agita un bastone. Il guardiano è lui, adesso.

Poi, una notte, arriva un gruppo di uomini, mentre lontano rimbombano i colpi di mortaio della Seconda Guerra Mondiale. Alcuni sono armati, altri hanno le mani legate dietro la schiena. Il guardiano supplica i soldati di liberare i prigionieri e andarsene. In risposta, ottiene una risata fragorosa. Allora solleva il bastone variopinto e lo punta prima verso lo strapiombo e poi verso di loro. Riecheggia una raffica di mitra. L'avamposto è annientato, e il male striscia fuori dal cunicolo accanto alla grotta. Lo strapiombo di Ungia Negra è pronto ad accogliere nuove vittime.

Il tempo si muove ancora e raggiunge i giorni di Lena. Nei pressi della casa di pietra ci sono due cacciatori. Sono il Tano e il Mosca. Il primo sta discutendo animatamente con l'amico: cerca di spiegarsi, sembra quasi che voglia scusarsi. Ma l'altro appare molto teso, prima adirato e poi disperato. Passa un attimo, e attaccano a urlare, a spintonarsi. Il Tano scivola e, quando si rialza, cerca di abbracciare il Mosca, in un gesto di pace. Impossibile: l'altro impugna un coltello. Si strattonano e si spingono, in una sorta di assurda danza. Inciampano entrambi; poi il Tano cade di nuovo, ma stavolta non si rimette in piedi. L'amico grida e si dispera, preme entrambe le mani sul ventre di Tano per tamponare la ferita che erutta come un vulcano. …. Adesso c'è un uomo che si stringe il capo tra le mani, cammina avanti e indietro, scalciando lontano foglie insanguinate: le rosse orme di un corpo che, dopo aver rimbalzato sulle rocce, ha trovato la propria tomba sul fondo del burrone di Ungia Negra. L'ennesima vittima di una storia senza fine.

In paese, avevano parlato a lungo della disgrazia capitata all'amico del Mosca, al suo volo giù nello strapiombo: d'altronde, quel posto era tremendamente pericoloso, e poi la sfortuna di essere scivolato sulle foglie… Talvolta il destino è davvero crudele. Non era stato possibile neppure ritrovare il cadavere, e così, alla fine, i famigliari avevano deciso di collocare lassù una piccola lapide che ricordasse la tragedia: avevano scelto l'altra costa del bosco, però, perché il punto della caduta del Tano era troppo rischioso da raggiungere per chi volesse dire una preghiera o lasciare un fiore. Appena dopo la sciagura, il Mosca aveva cominciato a bere come una spugna – il doppio del solito – ed era pian piano scivolato in una depressione sempre più cupa. Era arrivato un parente dal Trentino e l'aveva portato chissà dove…

Distesa nella grotta, Lena pensava ancora di librarsi in uno spazio indefinito e in un tempo fluido, ma fu richiamata alla realtà dalla vista della serpe colorata che era sgattaiolata fuori dalla casa. Strisciava davanti a lei, adesso, lasciando dietro di sé una scia luminosa. All'improvviso, comparve un altro serpente, scuro come una notte di tempesta, e lei si disse che era l'esatta incarnazione dei dolori che aveva conosciuto nei suoi vagabondaggi spazio-temporali mentre giaceva priva di sensi. Con un sibilo, il serpente arcobaleno si avventò contro il rettile nero: i suoi colori annientarono l'altro, riducendolo a una pozzanghera corvina. Poi si attorcigliò, e dalle sue spire si levò una figura umana che indossava una tonaca variopinta: il cappuccio contornava un volto dal sorriso compassionevole, mentre il suo sguardo trasmetteva una pace immensa. Fu allora che la donna riconobbe il protagonista del sogno della notte precedente. Gli chiese chi fosse, e la visione le sussurrò dentro la testa:

Io sono te: sono quello che diventerai. Tu ami la valle, e la valle ama te.

Tu vivi dentro la valle, e la valle vive dentro di te. È qualcosa che pensi da sempre, ma oggi lo sai.

Soltanto tu uscirai da questa grotta: nessun'altra entità potrà uscire. Sarai tu a impedirlo. Adesso il tempo ti appartiene, insieme con le beatitudini e i poteri. Se questo non accade… Guarda!

E Maddalena vide gli occhi luminosi della figura diventare ghiande di catrame e piangere lacrime corvine, identiche al liquido nel quale si era dissolto il serpente nero. All'improvviso, l'individuo della tonaca avvizzì e si contorse, i colori scomparvero, e il suolo roccioso tornò a rivelare una spirale. Poi tutto svanì, e lei si alzò e uscì dalla caverna. Il temporale era cessato, e un riquadro di sole sfavillante incorniciava la casa di pietra che presto sarebbe diventata la sua dimora.

Come ogni giorno, nell'ora del crepuscolo, gli animali osservano la donna anziana, ma ancora forte, che cammina sull'orlo dello strapiombo, per arrivare fino alla radura da dove può vedere le luci delle case lontane. Si ferma per qualche momento e mormora parole impercettibili, forse un'orazione intima che appartiene a un altro tempo e a un altro spazio:

Vi ho amato tutti: ecco perché ho fatto in modo che nessuno amasse me.

Ho appreso ciò che dovevo conoscere e ho imparato tutto quello che mi serviva per accettare questo ruolo e vivere in questo posto. Il mio posto.

Ho sopportato serenamente le vostre maldicenze, le vostre paure nei miei confronti.

Non mi sono ribellata al fatto di venir evitata, alla stregua di una serpe, anche se nelle sue squame si nasconde un arcobaleno.

Ho inventato mille maniere per terrorizzarvi e obbligarvi a star lontano dallo strapiombo di Ungia Negra.

Ho agito affinché mi consideraste il male – quel male dal quale anche adesso vi proteggo.

Non è un atto di superbia, ma penso che non avreste mai compreso la mia storia – ma, soprattutto, non avreste mai dovuto conoscerla.

La paura che vi incuto è la stessa che provate per questo luogo: quella che vi consente di evitare l'inferno di dolore che io ho sperimentato e che, spero, non dovrete mai affrontare.

Io sono la Senza Sangue, la Strega Innominabile, la Mangiatrice di Serpenti, la vecchia megera che ha divorato persino il ricordo della ragazza alla quale volevate bene.

Ma io sono la Valle, e voi tutti siete in me.

Ecco perché ogni sera vi dico queste cose da lontano, con un mormorio che può udire soltanto il vento.

Ecco perché ogni sera prego, affinché queste parole appena sussurrate non vi giungano mai.

Il centro della rosa

Nella danza degli spettri, seguo una musica che forse non è mai esistita, una melodia che sento soltanto io.

Dispongo passi pesanti nei rimasugli polverosi della cenere, seguendo una mappa che riporta solo i miei ricordi.

In una mano, stringo alcune bacche stappate a un cipresso: qualcuno mi ha detto che servono a combattere le influenze malvagie e a proteggere dalle disgrazie – sarà vero? Nella mia testa risuona un ronzio di api gigantesche e lampeggia un temporale invadente come un carnevale *brasileiro*.

Nella vecchia foto che stringo tra le dita, siamo soldati attoniti immortalati contro lo sfondo di un tramonto dai colori improbabili e confusi. Le baionette infilzate nella scatola del tonno, le sciabole usate per rimestare le braci del fuoco di un bivacco, in un luogo di cui non ricordo il nome.

Perché non si vede alcun vessillo, alcuno stendardo, alcun drappo che abbia le parvenze di una bandiera? Per il semplice motivo che la stoffa è servita per tamponare o fasciare le ferite dell'ultima battaglia.

Come sono finito in questa città? Che lingua parlano, qui?

Come una sanguisuga, mi attacco al corpo intangibile della fantasia, alla morbida incoscienza che mi fa pascolare: sono terrorizzato dall'eventualità di perdere la momentanea benedizione che deriva dal fatto di ignorare la direzione di ogni vento.

I marciapiedi appaiono lucidi e mansueti: padroneggiano la loro funzione e il loro destino, e non pretendono di rammentare il passaggio di ogni singolo viandante, neppure di colui che nasconde in tasca un biglietto amoroso, un dono avvolto in una carta fiorata, o un'arma.

Osservato da lontano, un tizio mi dà l'impressione di star per estrarre un mattone dalla giacca: un mattone da lanciare contro il centro di quello che può essere definito un bersaglio, oppure da usare con calma e pazienza per costruire un solido qualsiasi, all'interno di uno spazio qualsiasi, chiedendo perdono a un tempo qualsiasi – un tempo indefinito e indistinguibile da non lasciarsi sfuggire.

Adesso mi è ritornato il mal di testa, carico di nuove fitte: rivedo un fiore (o un mollusco) che esplode, la luce di un fuoco controverso (non so se amico o nemico) che mi riporta immagini lontane, simile a una sindone fluorescente, a un'aquila fantasmagorica che spalanca le sue ali davanti ai dubbi – un semplice diversivo o, più probabilmente, un'immacolata difesa.

Mi riconosco. Sì, mi riconosco: sono il bambino che pedala sempre più velocemente sulla sua bicicletta bicolore, che affonda i piedi perché brama la discesa che qualcuno gli aveva promesso dopo un'eternità di salite. Il ragazzino che ha imparato le voci della ballata e anche il canto da solista, per poter rivendicare la propria bravura anche nella schiera del coro. Ma ecco che il coro si tramuta in un plotone, e la musica erompe da strumenti di metallo brunito, e le note sono proiettili, la sinfonia appare piatta, il suono è feroce e monocorde, disperatamente identico a quello che lo ha preceduto.

Ora il bambino non deve farsi sorprendere con le mani tremanti, mentre afferra la sua scodella di futuro. Ma un Signore degli Eventi o un Grande Padre ha già riempito con un composto incomprensibile quella grande tazza: olio lubrificante, aceto e Valium; benzina e sangue dimenticato in un laboratorio da qualcuno che ne aveva troppo; arsenico e sputi; brodo caldo e pozioni magiche gelate... Tutti intrugli antiemetici per il tempo in cui il mondo inizierà a girare più veloce.

Probabilmente i miei arzigogoli sono dovuti alla massiccia assunzione di farmaci antidolorifici, ma sto arrivando a pensare che questo luogo è la ferita e io potrei essere il virus o la medicina – io che fluisco nelle vene dell'immenso corpo della galassia, spinto dalla pompa del cuore dell'universo.

Le limousine sciamano dal formicaio nella notte e, scintillando, sfrecciano con la loro pelle di pesce lussuoso, sotto i lampioni insonni. Sono belve abilissime a frenare e velocissime a ripartire; hanno occhi abbaglianti che incutono timore. Se non possiedi un dado da lanciare nella bocca del Grande Viaggiatore che riporta tutti a casa, non esitano a lasciarti dove sei, ad abbandonarti a un destino miserevole.

Ma, di notte, la strada del ritorno a casa è costellata da stronzi di cane da evitare e tombini da contare, in una sorta di Via Crucis atea: in qualche modo, assomiglia alla canzone ipnotica che scandisce anche i miei passi diurni e vernicia le pareti della mia scatola cranica, stanca ma ossessiva, come la goccia che sfugge al rubinetto e precipita inarrestabile, fino a riempire la pentola sporca nel lavandino.

Dove ho combattuto l'ultima battaglia? Quanto tempo è passato da allora? A chi appartengono i vestiti che indosso?

Non sempre il ritorno a casa presuppone una sconfitta, anzi: si dice che la Fata dei Sottoscala, la Regina degli Ascensori, offra un bacio lieve come un petalo a chi torna incolume – e se per caso il tuo corpo rivela qualche graffio, lei trasforma la traccia di quel bacio in inchiostro, affinché tu possa scrivere le parole delle canzoni che ti vendicheranno.

Adesso vedo cose troppo variopinte per essere vere: quando svaniranno, sentirò la loro mancanza. In fondo, ho paura di guarire.

Da dove sono arrivate queste persone?

Si mostrano gentili e mi afferrano per le braccia. Dicono che mi sono perso ancora e mi caricano su un'auto grossa e lunga. Non è una station-wagon, ma un'ambulanza. Mi hanno ferito di nuovo?

Mi fanno aprire la mano e prendono le bacche di cipresso: affermano che le potrò restituire all'albero appena giunti nel giardino della clinica. Un'infermiera – una donna dal volto familiare – mi racconta della torta che hanno preparato. Perché ho deciso di andarmene proprio il giorno del mio compleanno? È da maleducati! Mi aspettano in molti, dice. Vogliono festeggiare i miei ottantacinque anni.

Mi sembra di seguire il percorso che porta dritto al centro della rosa. Ho offerto la mia carne alle sue spine, mi sono arrampicato sulle sue foglie, e adesso sto scivolando dentro il cuscino proibito dei suoi petali, dove parla soltanto il suo profumo.

Se ho perso la mia guerra lontana ed evanescente, dove potrò rifugiarmi?

Se invece l'ho vinta, qual è il mio bottino?

La rosa mi suggerisce di frugare nel suo centro. Lì si nasconde il mio premio: un uovo da cui potrò rinascere. Con un colpo di becco, spaccherò il guscio e volerò alto: da lassù, riderò del mio passato. Non bramerò mai più alcuna ricompensa, ma solo una giusta sequenza. Non cercherò compensi e posizioni, ma soltanto vere sensazioni. Non sbatterò le ali per raggiungere altri lidi, ma solamente per alzare un nuovo vento: un vento che vincerà la nebbia e consentirà a tutti i soldati di evadere da quella vecchia foto per tornare finalmente a casa.

Topo pazzo

Dovette ammettere che i sandaletti nuovi si comportavano proprio bene e correvano veloci: era quasi pentito di quel gran casino che aveva fatto al mercato, quando la zia aveva deciso di comprarglieli.

Aveva pianto, gridato e tirato persino un calcio alla scatola bianca. Si era messo a urlare che quelle scarpe schifose avevano il colore del cerume delle orecchie, che gli facevano male sul tallone, che sembravano sandali da frate. Aveva imprecato, strillando più volte "Porca puttana di quella vacca!"

Alla fine era tornato a casa con un paio di sandali e tre o quattro sberle, elargite gratuitamente dalle mani generose e ruvide della zia Mirni, mani abituate a tirare il collo alle galline e a stendere conigli con una legnata secca.

Non era affatto vero che gli facevano male, anzi avvolgevano i suoi piedi strampalati e selvatici con una cura quasi protettiva, come se sapessero cosa li aspettava.

E così sgambettò per qualche ora tra il prato e il fossato, imitando le geometrie confuse delle mosche estive, usando come traguardo il pruno selvatico, che reputava un amico fidato al quale aveva dato il nome di "Vazkor figlio di Vazkor": l'aveva letto sul dorso bianco di un grosso libro a casa del dottor Bighignoli.

All'inizio, il pruno gli aveva chiesto di soccorrere un merlo incapace di volare perché i fili d'erba secca gli imprigionavano un'ala: lui lo aveva liberato, e Vazkor figlio di Vazkor gli concesse la sua amicizia, promettendogli anche che nessun calabrone l'avrebbe mai più attaccato.

Con i sandali nuovi, si appoggiò al tronco, sospirando ed enfatizzando i suoi ansimi, come se avesse attraversato un oceano a nuoto. Sputò nell'aria il chewing-gum alla cannella e poi lo riprese al volo, segnando un magnifico canestro nella sua stessa bocca. Ascoltava il proprio cuore che balzava come un topo grigio: gli piaceva quel battito scatenato nel petto, pazzo com'era lui, con qualsiasi tempo e in qualunque stagione, anche se in effetti... era l'estate a incitarlo e viziarlo oltre ogni limite, permettendogli imprese e scorribande fantascientifiche.

Era una stagione che arrivava e si dileguava quasi all'improvviso, con il sole che masticava i campi e stirava i tramonti come elastici, sogghignando spossato dietro le rocce.

Era bello soffermarsi a contemplare la fine del giorno, fissando il disco arancione con occhi da cane lupo, circondato dall'odore vagabondo di erba, fiori e frutti troppo maturi.... immerso in un'aria di miele e di crema, mentre il cielo indaco attendeva una tempesta di stelle – lassù, lui vedeva astronauti e santi volanti, magari succhiando un ghiacciolo.

Cavalcava felice in groppa alla vita, innamorato degli scenari, delle figure e delle ombre che essi proiettavano. Soltanto un folle avrebbe pensato di spezzare quell'incantesimo, di guarirlo dalla sua gioia, di strapparlo alla sua beatitudine.

In verità, a scuola si erano manifestati alcuni problemi. E sua madre seguitava a piangere e a spendere quattrini imprestati per farlo visitare da specialisti che lo incalzavano con raffiche di domande e lo ricevevano in ambulatori eleganti e immacolati, con quadri aggressivi alle pareti e un odore davvero fastidioso.

Ma, per fortuna, intervenne zia Mirni: parlava poco, ma capiva assai meglio dei luminari i sobbalzi del suo cuore-topo. Lo ospitava per lunghi periodi in casa sua e, così, un giorno, aveva deciso di rivolgersi al dottor Bighignoli. Nel suo studio, c'era un profumo dolce e vittorioso e sulle pareti campeggiavano quadri che spandevano affetto e comprensione. Inoltre, nella sua libreria c'erano volumi dai dorsi bellissimi.

Pian piano aveva capito che, quando qualcosa lo turbava o lo infastidiva, non doveva imprigionarlo nella testa, come faceva sua madre, che succhiava ogni dolore o dubbio alla stregua di una caramella amara e infinita, trascinando nella tristezza anche chi cercava di consolarla. Quando veniva assalito da pensieri cupi o sensazioni negative, si rifugiava sotto le braccia muscolose della quercia gobba che aveva battezzato "Gargantua" e, tossendo e starnutendo, cercava di espellere tutto ciò che avvelenava il suo cuore danzante. Chiedeva alla pianta di poter staccare con il temperino una scaglia di corteccia – per lui, aveva il medesimo valore di una pietra rubata dalla luna – e se la infilava religiosamente in una tasca, prima di correre via a perdifiato, facendo esplodere tutte le bolle malefiche che gli riempivano la testa, con un suono immaginario di batteria furibonda che aveva scoperto in un disco del dottore. Sulla copertina, però, non c'era alcun batterista, bensì un tizio che suonava il sassofono: aveva la pelle di notte chiara e un volto gentile, ma pensieroso. I suoi occhi simili a paludi fissavano un punto oltre la foto; il suo labbro era un guerriero che immaginava forte e coraggioso come le mani della zia Mirni. Mentre osservava la rotazione ipnotica del disco sul piatto, pensava che finalmente il suo cuore aveva incontrato qualcuno in grado di creare un ritmo nel quale poteva rifugiarsi – e allora si sentiva estremamente felice. I suoni prorompevano temerari e implacabili, non mostravano alcuna pietà per lo spazio e il vuoto – li amava e li colmava di muti pensieri svolazzanti. Non intendeva insegnare nulla alle pause e al silenzio: soltanto attraversarli e abitarli come la propria casa natia.

L'uomo effigiato sulla copertina si chiamava John W. Coltrane, e il dottor Bighignoli lo invitava sempre ad ascoltarlo mentre si preparava. Il signor Coltrane era morto, eppure continuava a essere l'anima di quel disco, a suonare note altissime e guardare chissà cosa oltre la foto.

Dopo che tutte le bolle cattive erano scoppiate, poteva tornare ad apprezzare la bellezza del mondo, senza badare alle ansie e alle paure che disseminano il cammino dell'esistenza. Doveva soltanto sforzarsi di controllare la propria contentezza e cercare di mantenere quieto il topo che gli balzellava nel petto. D'altronde, forse era meglio convivere con quelle accelerazioni e quei sobbalzi improvvisi ma strabilianti, piuttosto che adattarsi al ritmo monotono e oscuro di una vita che si era imposta una quaresima perpetua, dove la musica aveva sempre la medesima cadenza e pochi sapevano inerpicarsi sulle note del signor John W. Coltrane.

Com'era strano riuscire a correre così velocemente calzando quei sandali orrendi, osservare una donna anziana uccidere amorevolmente le bestie che aveva allevato, prima di eviscerarle con rispetto e gratitudine e venderle a chi le avrebbe cucinate e mangiate con il gusto fangoso della sopravvivenza. Era davvero strano provare una felicità incontrollabile per essere il figlio di una donna oberata da angustie e sacrifici che, per mandargli un bacio o un sorriso, spesso doveva ricorrere a un messaggio sul telefonino. Chissà se suo padre, quel fulmine apparso e sparito nel temporale di una notte, si era mai reso conto della bellezza della donna che aveva amato e della vita che aveva creato? Di certo, aveva fulminato la prima e abbandonato la seconda in una pozzanghera, come un cavo dell'alta tensione.

Si staccò da Vazkor figlio di Vazkor, coricchiò ancora per qualche momento, regalò coriandoli di pensieri e biglie di saliva alle radici contorte del tiglio che presidiava il torrente e spandeva quel profumo che, per lui, coincideva con la fine della scuola e le vacanze. Lo aveva chiamato "A Love Supreme", come il titolo del disco del signor Coltrane.

Quando abbracciava il suo tronco e vi premeva contro il petto, percepiva i battiti del proprio cuore, e pensava al batterista impegnato in quelle registrazioni, Elvin Ray Jones, nato a Pontiac e morto a Englewood.

Quel giorno si rese conto che per capire davvero "Un amore supremo" bisognava essere un dio oppure un santo o una qualche divinità strana, magari extraterrestre. Per lui era tremendamente difficile replicare quelle melodie e quei ritmi con un topo pazzo nel petto. Rifletté. Poi si disse che non era affatto sicuro di voler guarire. D'altronde, né il signor Coltrane né il signor Jones sarebbero stati sicuri di voler suonare la Macarena. Porca puttana di quella vacca!

Sinbad

Mah! Forse c'è un premio speciale per le giornate cominciate male e destinate a sprofondare, o probabilmente esiste un risarcimento che ti viene consegnato personalmente da qualche angelo sgangherato, di quelli che si preoccupano di venire ad augurare la buonanotte ai coglioni come me.

Oggi, però, non sono certo l'unico presente nella lista delle nomination, giacché in questo bar che sembra arredato da un maharaja strabico e/o strafatto di oppio è schierata una nutrita équipe di teste di cazzo – almeno, così mi sembra... e il piccione lercio che saltellava tra i tavolini ve lo avrebbe potuto confermare, se non lo avessi costretto a una ritirata precipitosa, scagliando un portacenere di vetro ambrato e massiccio verso di lui. "Stronzo," mi ha sibilato. "Stronzo tu, pennuto infame e bisunto, che passi la mattinata a scagazzare sul Duomo e su ogni statua di benemerito, santo o eroe che riesci a inquadrare col tuo brutto culo da cecchino sparamerda! Cos'è, hai anche il coraggio di pretendere un encomio, una medaglia al merito o una mancia per le tue imprese??? Vuoi pure le congratulazioni e i complimenti, eh? Forza ragazzi, scattiamo in piedi, balziamo sui tavolini ed esibiamoci in una standing ovation per il Maestro del Guano – e magari estendiamo gli elogi e i battimani alla sua squadra di merdaioli volanti! Fila via, pantegana pennuta: fuori dalle palle, tornatene sulle guglie ad allevare acari e zecche...”

Il cameriere mi dice che le mie invettive e il mio atteggiamento sono oltremodo disdicevoli; poi sculetta via stizzito, come se il farfallino che gli infioretta il collo lo stesse trascinando lontano per non permettergli di prendermi a vassoiate in testa. E, come se non bastasse, un’indignata carampana francese vestita da begonia gargarizza oscure frasi verso di me – “Chi se la prende con gli animali è la vera bestia”, o qualcosa del genere. Poi accarezza il cane-criceto dal collare di peluche che tiene legato a un guinzaglio rosa e ritorna a succhiare il frappè da una cannuccia multicolore: sembra che, con la sua bocca presuntuosa e raggrinzita, si stia facendo un clistere. E vabbe’! Cominciamo dal cameriere vestito come il mago Silvan.

“Ascolta, puoi venire qui un momento? Qual è il tuo lavoro, oltre a rovesciare chinotti sui pantaloni dei clienti, com’è accaduto con me? Sei forse un agente sotto copertura della LIPU? Cosa dovrei fare: costituirmi? Pagare un’ammenda?”

Mi punta con l’espressione sguaiata da faina e mi chiede se ci conosciamo, visto che mi sono permesso di dargli del tu.

“Se ci conosciamo?... Se ci conosciamo? Sicuro che ci conosciamo, stravaccavassoi dei miei maroni!!! Tuo padre ti ha preso a calci nel culo davanti ai miei occhi quando hai lanciato dal tetto il gatto del vicino legato e imbragato a un sacchetto giallo della Esselunga, con l'idea imbecille di farlo diventare un paracadutista! Tuo padre ti portava nei boschi con noi quando non sapevi ancora allacciarti le scarpe: aveva un fucile da caccia, ma non l'ho mai visto centrare neanche una pianta di cachi a sette passi di distanza. Io cercavo funghi, allora, e credo di averne trovati e mangiati soltanto di velenosi, visto come sono ridotto, e tu... Be', tu, caro il mio Man-In-Black hai ucciso così tante lucertole che avresti potuto farti cucire una giacca con le loro pelli, e tralascio il fatto che alla festa campestre hai seccato uno scoiattolo con una sassata – un gran bel colpo, devo ammetterlo! Non ti ricordi di me perché sono diventato vecchio, brutto e incazzato col mondo intero, però io so chi sono e cosa valgo... Mi spiace deluderti ma, qui, l'unico killer patentato sei tu. Io tiro solo posaceneri, e non mi sono mai impegnato abbastanza per migliorare la mira, proprio come non ho profuso sforzi per arricchire le relazioni con il prossimo. Comunque, adesso, se vuoi regalare al mondo un gesto sensato, anziché startene lì a far pirlare quel vassoio di latta come se fosse lo scudo di Capitan America, prova ad andare nel puttanaio orientaleggiante dietro al bancone o nel retrobottega per recuperare uno smacchiatore: mi piacerebbe che trovassi il Viavà, altrimenti Viavaffanculo!"

La controfigura di Silvan scrolla la testa e sorride ai clienti, mormorando: "Questo è pazzo. Sì, è pazzo: un povero pazzo. Compatitelo!"

Però si dirige verso l'interno del locale con passettini nervosi: che stia andando davvero a cercare lo smacchiatore? Boh, potrebbe anche essere...

Allora, dove eravamo rimasti? Ah, sì, mi ero perso mentre parlavo della vecchia moschettiera francese, con il suo sguardo di superiorità napoleonica prima della campagna di Russia, il cappello da narcotrafficante boliviano (probabilmente il souvenir di una settimana in un Club Mediterranée della Martinica) e l'oliva pelosa al guinzaglio.

"*Bonjour Madame, ça va?*" Ma si rilassi: sembra che abbia la Tour Eiffel al posto della colonna vertebrale! Allora... diceva che io sono una bestia? Be', sì... è un'affermazione plausibile, da un certo punto di vista. Ringhio sovente, abbaio a ogni gesto altrui, e non sono mai riuscito a entrare in sintonia né con gli uomini né con le donne. Oggi ho perso il terzo impiego in cinque mesi; la mia vita familiare si è sciolta come un'Aspirina effervescente in un bicchiere d'acqua limpida tantissimo tempo fa, in un'epoca così lontana che presto non ricorderò neppure il nome dei miei figli. Ma non si commuova, non assuma quell'espressione da crepacuore... per carità! Su, dài, non sono certo uno degli affascinanti perdenti che si annidano nei romanzi del suo paese: io sono un autentico sacco della spazzatura indifferenziata e mi detesto a punto che... quasi provo compassione verso la mia persona. Davvero!

Non sopporto me stesso, figuriamoci gli altri, il prossimo – di qualsiasi specie. Per esempio, al suo tavolino siete in due, ma io non sceglierei mai lei, Madame, bensì quel rachitico toporagno accucciato sotto la sedia. Quell'improbabile quadrupede che, ogni mattina, deve sopportare la menata colossale di venire in questo posto con un cameriere imbecille, al quale ordina un frappè che le garantisce tavolo, seduta e sosta fino al tramonto, sbocconcellando furtivamente una focaccia genovese nascosta in borsa e comperata altrove... Ma si decida a ordinare un cazzo di toast o una qualche troiata esotica di cui il locale si vanta nella lista! Per una volta, si lasci andare, si conceda il lusso, prima di venire calata in una fossa, in quel buio che adesso avvolge la pizzetta nella sua Louis Vouitton taroccata. Si mangia davvero bene qui, sa? Altrimenti perché mi ostinerei a frequentare questo impero dei cuscini e dei colori a sproposito...? Li osservi, questi sgranocchiatori di Feroci Salatini, questi digitatori folli in giacca e cravatta, questi disperati col fuoco al culo, questi pensionati abbienti che leggono il giornale a sbafo: non le sembrano degni di comparire in una versione postmoderna delle *Mille e una notte*?

Non si spaventi per le mie elucubrazioni, su... Non le ho ancora detto che sono una belva, che ho fatto del male a innumerevoli persone senza neanche il lusso di rendermene conto – la presa di coscienza è un lusso che non posso permettermi. Comunque, le azioni peggiori le ho compiute verso me stesso. Di certo, però, ho sempre rispettato gli animali – e non so neppure il motivo. Quella del piccione è stata una cazzata, un modo per mandarlo fuori dai coglioni: d'altronde, non sopporto quei pennuti vandali, mi ricordano troppo il modo in cui ho vissuto. Per farmi perdonare, magari domani gli lancerò qualche mangime del cavolo – granaglie di lusso – e così saremo di nuovo in pace. Voglio ravvedermi anche con gli umani, Madame, e perciò mi permetto di darle un consiglio: ordini una pietanza calda, una “specialità”. Dopo una vita passata con quel cappello, se la merita...

E adesso... cosa succede? Ditemi che è vero!... La bellissima signora Isa, l'indiscussa principessa di questo covo di dementi, l'unica visione che meriti uno sguardo, si dirige sorridendo verso di me: è stupenda, celestiale, persino con le braghe da Sinbad il marinaio. Come una divinità esotica si avvicina al mio tavolo: come uno scettro, nella mano destra stringe una bomboletta di Viavà – vero e autentico Viavà dal tappo rosso.

Emersa dal ventre segreto del locale è arrivata fin qui per aiutare un povero scellerato a smacchiare i pantaloni: qualcosa che può far venire un groppo alla gola e scatenare una tempesta di lacrime. Mi trattengo.

Che profumo, che portamento, che classe! Mi guarda e, con tono amichevole, mi dice:

"Eccolo, il nostro brontolone cronico... La smetterai mai di importunare volatili, camerieri e dame francesi? Avanti, cos'è successo ai tuoi pantaloni?... Pensavo peggio!"

Non specifico, non ribatto, non la interrompo: ha una voce materna e sexy nel contempo, e per me è come ascoltare Bach.

Spruzza una nuvola di polverina bianca sulla macchia e, con una spazzola nell'altra mano, mi spiega che bisogna aspettare qualche momento prima di rimuovere il prodotto.

Le dico che, per starle vicino, aspetterei anche un mese. Che se ho danneggiato quel ridicolo posacenere, sono pronto a pagarlo. E poi le chiedo di porgere le mie scuse al cameriere, che è l'unico a essere vestito da cameriere e non da Aladino, Ali Babà o Mago Bagonghi. Come sempre, ho esagerato ma... porca puttana, sono giornate difficili: mi licenziano, mi infamano, mi giudicano: diventa un casino tirare sera.

L'incantevole Isa ride – una risata paradisiaca – e mi suggerisce di essere più calmo, di inspirare ed espirare per tre volte, prima di parlare o agire. Sensato? Mah!

"Pensa alla macchia sui pantaloni. Sembrava un disastro, e invece... Sono bastati un paio di colpi di spazzola e... Svanita. Problema risolto. Visto?"

Il miracolo era avvenuto davanti ai miei occhi e a quelli di svariati avventori, e io mi sentivo come purificato. Un uomo migliore, più calmo e propositivo. E senza alcun imbrattamento di chinotto.

Mi dirigo verso la cassa per pagare. Offro al cameriere imbronciato una mancia e un calice di chardonnay: lo beva alla mia salute, e porti un piatto di spaghetti allo scoglio alla francesona, insieme con un bicchiere di prosecco – omaggio del sottoscritto.

Sul piano del registratore di cassa ci sono innumerevoli minchiate etniche e afro e sa-'l-cazzo cosa, che quasi non riesco ad appoggiare i soldi. Chiedo alla bellissima Isa il nome della pianta stranissima all'estremità del bancone del bar. Mi dice che è un papiro.

Ha foglie bellissime, che sembrano palme in miniatura... Le domando se posso rubarne una. Mi chiede cosa intendo farci. Rispondo che la terrò all'occhiello della giacca per qualche tempo, fino a quando non seccherà. Poi, essendo un papiro, ne ricaverò un piccolo foglio, per scrivere un biglietto di scuse al piccione.

El Lümaaga

Sono pennelli verdi che si agitano, le foglie taglienti del canneto. Quasi le conosco a una a una: potrei chiamarle per nome.

Adesso vivo qui, nei pressi del piccolo lago in mezzo alle piante, e abito in una tenda da campeggio.

La gente dice che mi sono perso e non mi sono più ritrovato, che il canneto mi ha rapito e non mi vuole restituire alla strada di casa. Mi fa paura la strada di casa. Mi fa paura la vita da cui vengo.

Mi chiamano El Lümaaga, ed è qualcosa che non mi dà fastidio. Ho imparato molto dalle lumache: sono a mio agio tra i giunchi e le erbe altissime, scivolo lento e osservo tutto ciò che mi circonda con occhi diventati antenne.

La chiocciola possiede una conchiglia; la lumaca, invece, no. Quando decido di ritirarmi o ripararmi dalle intemperie, seguo la mia scia e raggiungo la tenda o il sacco a pelo. All'epoca in cui avevo un guscio, finivo sempre per avvilupparmi in esso, per rinchiudere la mia anima dentro una spirale di infiniti timori e preoccupazioni, in un gorgo che mi strangolava come una garrota.

Ero spaventato da tutto, credevo di essere vittima di mille malattie, collezionavo quotidianamente ossessioni sempre nuove: pian piano, la mia conchiglia era diventata una bara, nella quale mi rifugiavo al minimo accenno di pericolo.

Ho lavorato come assicuratore e come piazzista porta a porta di aspirapolvere. Poi mi sono riciclato come operatore ecologico, prima di imbarcarmi come intrattenitore musicale – un modesto suonatore di tastiere – a bordo di navi che trasportavano turisti in Sardegna e in Corsica. La mia carriera di musicista è continuata *on the road*, con una fisarmonica e un sacco a pelo. Un giorno, ho deciso di fermarmi qui.

Comunque, ho considerato un lavoro anche cercare di evitare l'aspartame, il glutammato monosodico, l'acesulfame K: tutte sostanze che mi tendevano agguati da dentro i prodotti da forno, i preparati per la colazione, le bibite dietetiche e, persino, le caramelle per la tosse. Ah, gli accessi di tosse! Mi squassavano e mi istupidivano: sentivo frammenti di parole che mi circondavano, che mi volavano attorno come zanzare voraci, pronte a pungermi e rubarmi sangue ed energie, lasciandomi ponfi che avevano il nome di nuove paure.

Uranio impoverito, plutonio arricchito, pomodorini trattati con l'iprite, olio di palma, coloranti tossici, conservanti fuorilegge: sospetti che erompevano, traffici che inquinavano.

Togliere sempre il primo pezzo della banana. Rimuovere la crosta annerita sotto la pizza. Non tagliare la frutta con coltelli di metallo, ma utilizzare quelli di ceramica. Diffidare della carne cruda, delle uova scadute, dell'esposizione ai raggi del sole di mezzogiorno.

Le voci mi sussurravano che la carne rossa poteva risultare dannosa, che la carne bianca conteneva quantità elevatissime di antibiotici, che i farmaci prescritti mi avrebbero fatto ammalare, che i carboidrati erano nocivi, che le verdure confezionate avevano sempre date di scadenza sospette. E allora pensavo alla genuinità dei pascoli e degli orti, ma anche lì si aggiravano spettri chiamati Toxoplasmosi e Salmonellosi.

E poi veleni grassi, veleni alcolici, veleni dolci e veleni fumosi. Terrore dei mezzi di trasporto pubblici, terrore del terrorismo e dei notiziari che alimentano un'espansione di terrore maggiorato, potenziato e geneticamente modificato. Terrore dell'odio quando si presenta, terrore dell'amore quando se ne va. Noia profonda per i simili troppo simili e tachicardia ansiosa provocata dai diversi troppo diversi.

Se puzzi, non ti piaci, e non piaci agli altri; ma se profumi, qualcuno degli altri potrebbe svenire di fronte a te: e non perché sei irresistibile, ma perché il tuo profumo contiene nichel, e quella è una persona pesantemente allergica alla sostanza.

Ossessione per la mattina presto del sabato, quando non c'è nessuno in giro, e pensi di essere l'ultimo uomo rimasto sulla terra. Ossessione per il pomeriggio del sabato, quando ti ritrovi a percorrere intruppato le corsie nel supermercato brulicante di persone, e rimpiangi di non essere davvero l'ultimo uomo rimasto sulla terra.

Attacchi di panico per i rituali della politica e delle ideologie, per la destabilizzazione partitica, per le amnesie autoindotte, per gli slogan taglienti e gastroresistenti... Attacchi di panico per lo spettro nucleare, per il timore di ritrovarsi dentro le ceneri di una guerra civile, qualora il risultato delle urne fosse dilaniante.

Comportamenti schizofrenici e condotte bipolari nel disperato tentativo di non essere qualunquista, buonista, disfattista, nichilista, sciovinista, assenteista, sessista, razzista, populista... Forse l'unica via d'uscita è quella di diventare un violinista!

Erano questi i pensieri che mi vorticavano nella mente quando ero ancora una chiocciola e mi capitava di incrociare alcune lumache, libere dal fardello del guscio. Rimanevo a fissarle, e un brivido mi percorreva il corpo. Sì, doveva essere fantastico muoversi e agire liberamente, ma io ero convinto che non ce l'avrei mai fatta.

Raggomitolato nell'ombra delle mie insicurezze, ricamavo idee ineccepibili intorno alla morte, mentre i miei compagni più coraggiosi abbandonavano le loro conchiglie e strisciavano nudi lungo i sentieri della vita. Si accompagnavano a ragazze sorridenti, partivano per viaggi brevi o lunghi, sempre con il passo fiero e fiducioso di chi vuole scoprire il mondo. Io, invece, restavo lì e, in una sorta di rituale, disponevo sulla scacchiera le pedine nere. In un doppio gioco atroce con me stesso, io tenevo sempre quelle bianche e, imbrogliando, riuscivo sempre a vincere. Senza capire che stavo perdendo ogni speranza di fuga.

A scuola scrivevo temi a pagamento, e alcuni dei miei "clienti" sono diventati giornalisti, cronisti, narratori. Hanno pubblicato reportage, saggi, romanzi e manuali sull'autostima. Qualcosa che mi è sempre mancato, visto che la mia produzione "letteraria" si era arenata a un "W la figa!", scritto su una cabina dell'ENEL dopo una serata alcolica. Mi ero sentito come Victor Hugo, almeno fino a quando la sbornia non aveva lasciato il campo alla solita malinconia.

Dopo aver riconquistato una lucidità accettabile, mi ero subito reso conto di essere un uomo debole, di "non avere le palle", come qualcuno aveva detto. E, in effetti, era vero, perché le palle me le avevano già fracassate in troppi, negli anni passati a fingere di occuparmi di attività e impegni che mi rattristavano al solo pensiero. Quella gente mi considerava un tipo mansueto e disponibile, cordiale e accomodante: nel mio intimo, però, covavo una disperazione sordida e bruciante che, nonostante i miei sforzi per soffocarla, mi stava uccidendo pian piano. Poi ho capito che le ferite più gravi e le piaghe più dolorose erano causate dal mio guscio, da quella che la gente normale definisce "un'armatura". Davvero.

Praticamente ero un cavaliere che errava nelle giornate squallide del proprio tempo, che si ostinava a indossare un elmo pesantissimo, una cotta di maglia spessa e una corazza, e a portare uno scudo borchiato. Era una fatica terribile muoversi con indosso quell'armamentario, sopportarne il peso... Perché mi ostinavo a vivere dentro quello scafandro, in attesa di un attacco improbabile e apocalittico? Dovevo vincere le mie paure, coprire di unguenti i miei tagli e i miei lividi, riprendere a respirare a pieni polmoni e fissare lo sguardo nell'orizzonte.

È a quel punto che sono diventato El Lümaaga, che ho fracassato la conchiglia dell'armatura, gettando alle ortiche le varie parti, proprio come se fossero gli stadi di un razzo che lancia una navicella diretta verso la luna. Una luna che io ho trovato qui, nel canneto, dove apprendo gli insegnamenti dei rospi e delle rane, delle salamandre e delle vere lumache, delle serpi che strisciano agili sulla terra, tra i rami e nell'acqua placida e limpida.

Mi piacerebbe essere promosso serpente, un giorno. Ma, per ora, mi accontento di onorare il mio nome di lumaca, dopo aver abbandonato lo stato di chiocciola ipocondriaca e depressa.

Sono pennelli verdi che si agitano, le foglie taglienti del canneto... E, muovendosi, mi dipingono come un uomo che ride sotto la pioggia o di fronte al sole, vestito con indumenti assurdi ma funzionali: un barbone attrezzato, oppure un campeggiatore che ha eletto la sua tenda a dimora stabile.

Il Mago d'Acqua Palankuatt

Mi vedi? Non mi vedi?

Credi che io ci sia? Mi vuoi trattare come una fantasticheria, o come il testo di una canzone inventata mentre attendevi che si placasse il temporale?

Non importa. Non c'è alcuna differenza.

Io sono il Mago d'Acqua Palankuatt. Custodisco la pretesa di cavalcare aghi di pino, la voglia di urlare al torrente il corso che deve seguire.

Come all'inizio delle ere, mi sdraio e attendo di poter vedere il volto della Dama Piovosa: aspetto che plani impavida e onesta, insieme con il suo gregge di diamanti umidi.

Volgo lo sguardo verso l'alto e… attendo. Attimi, minuti, ore… Poi, alla fine, vedo soltanto una pioggia di ossa spolpate alla svelta, di gusci ancora mezzo pieni e di bucce cavate in modo inaccurato: sono gli avanzi di tutto ciò che si è desiderato disperatamente, che si è bramato oltre misura, a suon di sacrifici, a ritmo di sforzo, a tempo di frusta, a prezzo di schiavo, con scelte di guerra… Tutto ciò che, con il passare del tempo, vi ha ingozzato, annoiato, solo vagamente saziato: e così lo avete sputato.

Rotonda e infinita è la mia sfera, paziente e sincera. Rispetta e onora ogni spazio e ogni tempo, ed è libera di rotolare liquida e veloce là dove i pensieri gocciolano, dove i sogni disgelano e si lanciano a capofitto dalle vette come fiumi nuovi.

Scivolo nella sua pupilla – più che vedere, offre sguardi – e assisto alla perpetua fuga di folle che fuggono da ogni luogo in cui arrivano. Sembrano pervase da speranze mastodontiche, rivelano timbri con la data di scadenza grandi come montagne: forse, mentre vengono apposti, riducono in polvere i loro sogni e le loro intenzioni.

Sono costretto ad ascoltare preghiere prepotenti, suppliche che si trasformano rapidamente in frasi supponenti, consigli che soffocano sbadigli e gesti di carità con una mano che dona e l'altra che pretende.

Una marmellata di cuori in nome dell'Amore. Un massacro persistente in nome di chi ha donato la vita, il rinnovare nei tempi una guerra tra le paci. Un Dio da usare come un ordigno, oppure da modellare come creta a propria immagine e somiglianza. Negare l'esistenza a un pianeta attraverso il rigore della matematica, e poi incolpare la Morte.

Io sono il Mago d'Acqua Palankuatt e, quando deciderai di tuffarti tra le mie braccia salvifiche, potrei già essermi trasformato in un muro di ghiaccio. Poi, quando impugnerai un martello per sfondare il mio essere solido e lustro, ecco che sarò diventato una cascatella allegra e tranquilla.

Se mi guardi, ti vedi. Se vuoi vederti, fissami. Comunque rifletti sempre, prima di guardare nella mia sfera.

Mi siedo comodamente su un divano ultraterreno,

impreziosito di ricami variopinti e imbottito con i fiocchi di tutte le paci delle innumerevoli guerre combattute, di tutte le paci che il mondo oggi non ha, ma che esistono in un tempo ancora ignoto. I disegni e le geometrie dei cuscini mi rapiscono lo sguardo, le palpebre battono e gli occhi si perdono, e le membra stanche si abbandonano.

Fisso la riva e il lago agitato nel suo abito da sposa.

Il tempo si ferma, assorbe il mondo intorno e si riversa nell'enorme teiera che gli appartiene da sempre. Una tazza per il mattino, una tazza per la sera.

Non posseggo né pagine né penne, ma la storia viene scritta da mani e zampe invisibili, da unghie inchiostrate che danzano sopra la pelle e lasciano segni nell'aria vuota che separa ogni essere umano dagli sbagli e dai bersagli che sfuggono al dardo della ragione.

Ne risultano pagine fantasma, come quella che scivola notturna e inosservata nelle gobbe del cuscino, affinché la testa non sbatta contro i sogni appuntiti. Potrebbe dirsi un'ala angelica, composta di soffice premura: la morbida e misteriosa guerriera che combatte le legioni dell'incubo.

Le belle parole scrivile sulle foglie:
su quelle non ancora cadute e su quelle già calpestate,
e, magari, anche su quelle che stanno volando.

Non dovete aver paura delle mie frasi d'acqua: ogni goccia è uno specchio e ogni specchio cerca un volto da rubare e restituire. Ogni goccia sogna di imprigionare un universo nel proprio riflesso, prima di seccare e scomparire.

Le parole nascono come carovane di lettere ben allineate e, prima ancora di iniziare il cammino, si trasformano in cuori fioriti, in ferite che si ostinano a non sanguinare per il terrore di essere medicate.

Ho conosciuto universi ignorati, entro i quali gli uomini navigavano su una zattera inquieta e basculante, costeggiando mondi affollati di cose. Tutti hanno scritto migliaia di pagine sulle onde e sulle pietre delle rive lontane; tutti si prodigavano nella scrittura, senza avere mai compreso l'essenza di una matita e di un foglio.

Quando cala il silenzio e chiude la conchiglia del giorno, succhiando dalla madre notte la piccola fiamma di una candela come un poppante, nell'intimo si accendono le luci e i sensi muovono i primi passi proibiti da insetto. I grappoli stanchi di mille cose non fatte e non dette, si depositano sul fondo del tino dell'esistenza... e tutto dilaga, si muove... Nulla è appagato, niente è esaudito. Nella stanza segreta del mondo, ogni essere si chiede se ha compiuto il proprio dovere di vivente, ma tutte le ombre – anche quelle invisibili – lo assillano con la domanda se qualcuno sa veramente cos'è quel dovere e come si può adempiervi.

Mi sembra di ricordare che, molto tempo fa, su una foglia ho scritto che il dovere di un essere vivente è quello di rivendicare il diritto a un'esistenza libera. Forse non ho scritto quelle parole, ma ho lasciato che fosse la rugiada a vergarle per me.

Rifletto e, d'un tratto, il tappo schizza dalla bottiglia agitata e inizia il suo viaggio. E, per incanto, il buio trangugia gli spruzzi di tutti i dubbi.

Mi sento come se bevessi la lava di un vulcano mentre cerco di contare le stelle, come se scrivessi con la penna di un volatile sulla schiena del toro in fuga, provando a cantilenare le litanie di un giorno che ancora deve nascere.

Spira sempre il vento. Si intrufola tra l'erba e la falce, e pretende di avere l'ultima parola. È un vento che nessuno ha mandato, ma che tuttavia si ostinerà a vagare in eterno. È un vento che volterà sempre le pagine scritte, che farà volare le foglie orfane del proprio ramo.

C'è chi rastrella le foglie, chi le brucia, chi le mangia, chi le innaffia e chi le calpesta. Ma io, il Mago d'Acqua Palankuatt, sono attratto da chi le ruba e venero Sua Maestà il Vento come il Grande Maestro di questo tipo di furto. Per il suo agire malandrino, forse alcuni petali verranno strappati al fiore, eppure non cesseranno di profumare.

Ora sono disteso sul mio divano ultraterreno e mi sforzo di vedere il venerabile Grande Viaggiatore. È un vetro in movimento che lambisce la terra, che incalza le nuvole in corsa e le nubi da guerra. Risuonano schiocchi di frusta tra i rami secchi e i rami nuovi. Palpebre di onde, mille occhi in fuga come le foglie sull'acqua. Una biglia che rotola dal cielo, sopra tetti di roccia che si levano sul limitare del giorno, con l'illusione di segare il tramonto, travestiti da ombre.

Adesso il tempo riparte… E io lo accompagno fin dentro la sua enorme teiera.

Una tazza per il mattino, una tazza per la sera.

Tito Spaccaombrelli & Aldo Braccobaldo

1. Tito

Non capisco come sia possibile che, quando li apro per la terza volta, tutti i miei ombrelli si rompano. E non capisco nemmeno perché debba sempre piovere a dirotto, appena mi decido a compiere un'azione gentile. Forse accade perché il mio riflesso in fuga dentro le pozzanghere risulta più nobile o, perlomeno, più simpatico.

È molto tempo che non vado a trovarlo. E risulta davvero facile rimandare di continuo la visita a un tizio come lui, visto che non si lamenta o protesta per una simile mancanza. Anche se lo sai, ti ritrovi a fracassare ombrelli traditori contro i pali della luce e a fissare la tua ombra tremolante nell'acqua sporca delle pozze, dicendoti che sei uno stronzo.

Sai che non verrà mai a cercarti per chiederti una spiegazione, né ti telefonerà per scoprire se gli porti rancore per qualcosa che neppure immagini. D'altronde, non possiede nemmeno un telefono, Aldo Brai.

Non credo di aver mai conosciuto una persona sola come

lui, giacché vive una solitudine da naufrago, isolato in mezzo a tutti e a tutto, e animato da una tenerezza disarmante che mette a disagio chiunque lo guardi negli occhi.

Quando lo incroci per strada, con tre banane e un etto di prosciutto cotto nel sacchetto di carta marrone, ti saluta in modo garbato e ossequioso, come se provenisse da un secolo passato o fosse precipitato sulla terra da un tempo remoto, poi si sforza di convincerti che tutto va bene – una bomba atomica che domanda il permesso di esplodere e si scusa per gli effetti letali. Quando ti ritrovi a vivere la solitudine di Aldo è come se indossassi una tuta mimetica, che stravolge il profilo della tua figura e ti rende amalgama al fondale del mondo, fino a negare la tua presenza.

Una domenica mattina, al parco, riuscii a strappargli un sospetto di risata chiamandolo "Braccobaldo": si ricordava di quel vecchio cartone animato e forse considerava liberatorio non essere Aldo Brai per qualche istante. Non saprei dirlo.

Comunque, chiacchierammo per quasi venti minuti, allora, anche se si rifiutò di sedersi su una panchina, come se fosse chiamato da misteriosi e improcrastinabili impegni. Nonostante l'apparente urgenza, sceglieva le parole con grande lentezza e attenzione, quasi sudando per la concentrazione, torcendo le dita robuste: in pratica, cercando di giocarsi al meglio tutte le sue carte in un momento raro e inaspettato.

Mi confessò di odiare la domenica....ecco. Non la sopportava proprio, ed era convinto che quel giorno non sopportasse lui. Disse che la domenica gli rubava nervi e ossa, e lo faceva sentire malato, rinchiuso dentro un cofano che lo soffocava. Era a disagio nella giornata di festa, quando tutti apparentemente si sentivano felici e liberi, e in obbligo di divertirsi, di lanciarsi in una sequela di attività magari insulse, a qualsiasi costo.

Era qualcosa che non riusciva ad affrontare, qualcosa che lo stordiva: la domenica gli strisciava addosso come una lumaca e lo ricopriva di una bava collosa. La festa era un falso riposo, una tregua con le armi in pugno, e lo sbalestrava e infastidiva nel contempo. Spesso andava alla messa grande – era il giorno del Signore, d'altronde –, ma poi si ritrovava a bere aperitivi solitari a un tavolino senza tovaglia, ingrassando i suoi dubbi e maledicendosi per non essere riuscito ad ascoltare con la dovuta attenzione l'omelia del prete.

Con un sorriso, mi confessò che, se non fosse stato così dolce e disponibile, avrebbe rivelato la sua indole salace e ironica, magari spingendosi fino al punto di entrare in farmacia e chiedere se avessero una qualche medicina... contro la domenica!

Ascoltando quell'uomo corpulento che si ergeva di fronte a me, oscurando il sole come un'eclisse, avvertivo il desiderio di accarezzarlo e abbracciarlo, mentre ciondolava morbido e impaurito dal suo rapporto con il mondo circostante.

Avrei voluto invitarlo a casa mia e farlo parlare tutto il giorno e tutta la notte; avrei voluto prenderlo per mano come un bambino, ridere o piangere insieme a lui. Invece mi limitai a dirgli che ci saremmo visti, che sarei andato a trovarlo.

E, in effetti, in un paio di occasioni ciò avvenne: ma, com'è risaputo, spesso i buoni propositi hanno una data di scadenza assai prossima e scivolano nel dimenticatoio. Poiché la solitudine degli altri non è qualcosa di eclatante e rumoroso, si scorda facilmente, come tutte le cose che non turbano.

"Aldo, vieni a bere una birra?... Aldo, perché non andiamo al cinema?... Aldo, giochiamo a Risiko?... Ohè, Braccobaldo, alzati che facciamo due passi fino al parco...": ecco le perle di una collana di frasi mai dette, specialmente negli ultimi tempi. Parole così semplici da risultare forse dozzinali, ma preziose per il mio Bracco: per lui, quella collana non sarebbe stata di perle, bensì di diamanti.

Le attività notturne di mia sorella non mi riguardano e, in effetti, non ho mai questionato con lei sulla faccenda: le nostre uniche discussioni hanno sempre riguardato i libri cretini che legge e la musica schifosa che ascolta.

Comunque è una brava persona, anche se quando si cimenta con la cucina, le pentole scappano. Ribadisco, però, che è una persona a modo. Se una notte incontrasse Braccobaldo, si comporterebbe da professionista, e non lo illuderebbe come ho fatto io.

Adesso sto camminando spedito sotto un diluvio. Ho una foglia di palma in testa: sembra una mano verde con troppe dita che mi protegge nella giungla. Voglio raggiungere la casa di Aldo Braccobaldo il più in fretta possibile e cercare di porre rimedio alle mie mancanze, senza pensare a tutti quegli ombrelli del cazzo che mi hanno costretto a strappare una foglia lussureggiante nel parco e a correre con l'illusione di poter schivare le gocce che cadono.

2. Aldo

Ed eccomi qua.

Anche oggi la poltrona mi sorregge. Sono com'ero ieri, com'ero cinquant'anni fa: è cambiato soltanto il peso.

Stavo leggendo un romanzo, ma la trama mi ha rotto le palle. Non ho alcuna voglia di accendere il televisore: solite storie, fino alla nausea. Parlo con il vaso di ciclamini e con la statua di plastica di San Michele Arcangelo che stava in questa casa già prima che venissi ad abitarci io. Ha la spada rotta e un'ala storta.

Stamane non ho neanche aperto la porta: d'altronde, io non uscirò e nessuno entrerà.

Quando mi capita di andar fuori, saluto gente da cui fuggo e compro caterve di cose inutili e poco costose. Sto raccogliendo i bollini del minimarket, anche se ignoro quali siano i premi e quanti punti ci vogliano per averli.

Ho cambiato marca di sigarette: adesso fumo quelle più leggere ma, dopo tre tiri, mi incazzo, strappo il filtro e inspiro forte.

Credo che, se non si verificherà un terremoto o mi verrà un infarto, neanche per oggi ci saranno sorprese in questa stanza senza imprevisti, dove il tempo ruba i secondi a se stesso.

L'altra sera sono uscito. Sono andato in un posto dove nessuno mi conosceva, eppure mi sembrava di essere a casa. Con un'unica differenza, però: nessuno si sentiva minimamente in obbligo di salutarmi.

Ho pagato una donna, con le tette grosse e la bocca triste. Mi ha accompagnato in una stanza senza nord e senza sud, e io sono salito sul suo letto come i bambini salgono sui cavalli a gettone delle sale giochi.

Quando è finita la corsa, sono sceso leggero e informicolato, con un sorriso che si è spento subito. Ho domandato alla donna se aveva voglia di parlare per un momento, ma lei mi ha risposto che non aveva niente da dire e che, inoltre, era timida.

Allora sono andato al bar giù sotto e ho chiesto al tizio dietro il bancone di servirmi qualcosa da bere. Mi ha rifilato una bevanda colorata con il nome di un luogo lontano – un posto che non so nemmeno dove si trovi. Nel bicchiere c'erano una cannuccia e una bacchetta per mescolare sormontata da un orsetto di polistirolo: mentre rimestavo, muoveva gli occhi. Ho Visto che mi somigliava, ho preso il bastoncino e l'ho portato a casa: adesso il piccolo orso mi osserva da sopra il frigo.

Poi mi sono messo a giocare a flipper: era un "catafalco" che apparteneva ai tempi della mia gioventù. Mentre guardavo la pallina che rimbalzava di qua e di là, accendendo e spegnendo le lucette dei funghi variopinti, pensavo che ero stato con una donna e non le avevo chiesto neppure il nome – lei, però, si era comportata allo stesso modo. Se me lo avesse domandato, avrei risposto "Braccobaldo", come mi aveva chiamato Tito quel giorno. Erano quasi sempre divertenti le parole di Tito, quando – in passato – veniva a trovarmi qui. Mentre l'acciaio della biglia si colorava di mille riflessi, pensavo che ero stato con una donna, ma che non avevo più latte nel frigo, e la testa mi girava per colpa di quella merdata tropicale che avevo appena bevuto. Poi mi sono ricordato.... la scadenza del bollo dell'auto, l'impegno sempre procrastinato di prendere la licenza di pesca... e perfino il mio schifo immane verso i millepiedi. Ho avvertito una zaffata del profumo strano della tizia del piano di sopra e ho rivisto la sua pelle. Mi è venuto in mente il tatuaggio di Tito: forse avrei dovuto farmene uno anch'io. In quel momento, non ricordavo più il volto della donna con cui ero stato: strano, ma plausibile. Giuro che non berrò più intrugli colorati con nomi del cazzo... In effetti, da anni, bevo quasi soltanto birra Bud. Ho scoperto che alcune bottiglie di Bud si possono aprire anche senza levatappi: basta svitare.

"Sto parlando con te, vaso di fiori, e te ne freghi. E allora mi rivolgo al tuo compare Arcangelo, al quale chiedo scusa per la storia che sto raccontando: spero di non averlo offeso con la faccenda della tizia con le tette grosse e la bocca triste."

È un angelo superiore, e io parlo di sbronze e puttane. Chiedo di nuovo perdono. In fondo, però, non lo sto pregando o supplicando: quindi non è in servizio.

È da quando lo conosco che gli parlo liberamente, e credo di non averlo mai pregato affinché perorasse le mie richieste. A pensarci bene, non saprei nemmeno cosa chiedere. Non vorrei certo che qualcuno mi aiutasse a risolvere ciò che non riesco ad affrontare da solo: che senso avrebbe?

"E allora, caro San Michele, vuoi sapere che cosa penso in questi giorni? Che probabilmente sono solo perché sono... cattivo. Già... cattivo! Forse non mi piace la gente. E non mi piacciono i bambini, perché mi ricordano quando ero innocente e spesso dicono parole cariche di verità appuntite e dolorose. E non mi piacciono quelli della mia generazione, perché non si capisce mai cosa pensano e dove vogliono andare a parare. E non mi piacciono i vecchi, perché hanno la maledetta abitudine di barare quasi sempre sul loro passato.

"Obbedisco alle leggi, non farei mai del male a un altro essere vivente: figurati, non schiaccio neppure i millepiedi, anche se li odio. Compro calze e accendini da quasi tutti gli ambulanti che incontro, mando soldi ai missionari, finanzio le ricerche per la cura di malattie strane di cui ignoro tutto… E, se lo ricordi, qualche natale fa, ho invitato qui un balordo per il pranzo.

Eppure non mi considero buono: mi sento un coglione.

Credo che anche Tito lo abbia capito. È l'unico che si è sforzato di essermi amico ma, con il mio comportamento da sociopatico rincoglionito, io l'ho fatto scappare: è così la vita! Tu sei l'arcangelo Michele e io sono Aldo Braccobaldo – e vivo come merito. Ascolto la musica che passa alla radio, mangio ciò che capita, pago quello che mi chiedono e vivo da coglione, anche se non riesco ancora a capire se sono un coglione perché sono solo, oppure se sono solo perché sono un coglione.

Hai presente la cartolina di Loano infilata nella cornice dello specchio? Be', è l'unica cartolina che io abbia mai ricevuto – e non era nemmeno indirizzata a me. Mi è arrivata per sbaglio: per un errore del postino.

Credimi, mi sembra di aver sbagliato tutto: ho aperto i giorni della mia esistenza usando un cavatappi, quando bastava soltanto svitare. Non so proprio che cosa tu possa fare per me, con la tua ala storta e la spada inutilizzabile. Però, guardando dalla finestra, adesso mi viene in mente che c'è una cosa che ti vorrei chiedere, anzi due: perché piove sempre così tanto nel mese di maggio? E chi è quel pirla che sta correndo verso questa casa con una foglia di palma al posto dell'ombrello?"

La foglia di olmo

Prima che arrivassero a chiamarlo per dare il cambio all'altra guardia, aprì gli occhi nella penombra viola della stanza, poi li richiuse. Vide la sua vita rovesciata dentro un imbuto che si capovolgeva e si raddrizzava, dopo un sogno ventoso, confuso e tanto faticoso quanto inutile. Riaffiorarono frammenti di luoghi e situazioni, di un passato forse lontano e spesso dimenticato: schegge di un'esplosione remota che tuttavia erano ancora in grado di ferirlo.

Comparvero sequenze disordinate di persone che ripetevano oscuri brandelli di frasi e, in alcuni momenti, lottavano per sovrapporsi alla sua figura: una figura ormai mutata e distante, talvolta massiccia e talaltra evanescente, comunque sempre troppo pesante per percorrere le strade di un mondo che insisteva a esistere al di fuori di quel campo e di quel reticolato.

Sorvegliare il perimetro della Zona, con i caldi turni del giorno e quelli freddi della notte, per molti dei suoi colleghi era noioso e alienante, inquietante e persino inutile, visto che vigeva l'assoluto divieto di porre domande sulla reale funzione e sul contenuto dei Magazzini Verdi. Lo scopo e l'utilizzo di quei grandi parallelepipedi erano un appannaggio esclusivo delle Tute Gialle o dei responsabili della Zona, che si presentavano negli orari più strani. Entravano, si trattenevano per qualche ora e ripartivano veloci, al riparo dei vetri di sicurezza dei loro veicoli speciali.

Per molti sorveglianti era difficile dissimulare il fastidio e la tensione derivanti dal fatto di ignorare il fine della propria missione, di non sapere a cosa stessero facendo la guardia. Ma avevano accettato quel lavoro per l'ottimo stipendio e l'impegno limitato: dovevano semplicemente attenersi alle regole, semplici ma inflessibili, e agli ordini di servizio stampati su carta bianchissima con una grossa intestazione viola.

Con la sua formazione militare, Zeno non aveva incontrato alcuna difficoltà ad adeguarsi a quel regime, a quella routine che non prevedeva domande né risposte: anzi, la considerava positiva, perché gli consentiva di rincantucciarsi dentro il proprio rifugio mentale per l'intero turno, come in un uovo blindato.

In quelle ore, alcuni episodi della vita passata spesso tornavano a visitarlo, a contorcersi e dibattersi nella sua mente, simili a vecchi lombrichi infilzati sull'amo della memoria. Alcuni lo incalzavano violenti, cercando di colpirlo con la frusta del rimorso; altri, invece, si trasformavano in serpenti e si attorcigliavano ai pensieri, soffocandoli e sprofondando la sua esistenza nel baratro dell'insensatezza. Zeno conosceva quei pericoli e si adoperava sempre per proteggersi: lasciava vagare lo sguardo nel fitto delle ombre, alla ricerca di visioni che potessero strapparlo ai suoi aguzzini e proiettarlo in scenari rassicuranti, dove le angosce scure si dissolvevano in un vortice di colori.

Di certo, non aveva mai considerato quel lavoro come una pena da espiare per sopravvivere. Si concentrava sul perimetro del campo e sul reticolato, seguiva i fasci spettrali delle fotoelettriche che annaspavano nel buio velato di nebbia leggera e, sempre, si soffermavano sulla sua figura perfettamente armata ed equipaggiata: un fantasma che si muoveva nello sconfinato silenzio della Zona, dove persino il vento si rifiutava di soffiare.

Calzava anfibi mimetici e avanzava con passo preciso – punta, tacco; punta, tacco… – in una marcia metronomica che aveva escogitato perché i suoi piedi rispettassero il ritmo dei pensieri che gli battevano nella mente, perché il maglio della memoria potesse schiacciare e distruggere quello che non gli apparteneva più. Doveva annientare i dubbi del passato, le esitazioni e gli errori. Doveva cancellare i fallimenti e i tracolli. Doveva bruciare le carte false che gli ricordavano chi si era illuso di essere. Se non fosse riuscito, avrebbe continuato ad aggirarsi nel labirinto maleodorante di un'esistenza insulsa. Non era quello che voleva, specialmente adesso che aveva il compito di sorvegliare il perimetro della Zona, di intercettare ogni intruso, foss'anche un suono o uno spirito.

Poteva tranquillamente ammetterlo: lui faceva la guardia alla Zona e, con i suoi muti segreti, la Zona faceva la guardia a lui, offrendogli la protezione di un luogo che sembrava non avere nemmeno dintorni. Parenti, locali, compagni di giochi, spiagge e strade, animali, pietanze, conversazioni, commenti, promesse politiche… BUM! Un'esplosione e, nell'aria, si scatenava un'apocalisse di coriandoli, variopinti e disordinati, che lentamente veleggiavano verso il suolo, fiocchi colorati di una neve impossibile, gocce assai poco trasparenti di una vita faticosa da vivere e immaginare. Alla fine, tutto veniva trasformato in detriti che insozzavano il selciato dello spazio e del tempo, un camminamento che ogni essere umano era obbligato a percorrere.

Durante il servizio, Zeno aveva un obbligo imprescindibile: non riguardava un camminamento, bensì un luogo. Nel quale l'ordine di servizio gli imponeva di sostare per un controllo: l'Area n. 2.

Quando la raggiungeva, veniva assalito da una sorta di malessere diffuso che si originava dallo stomaco: era come se, là dentro, un palloncino si sgonfiasse all'improvviso con una pernacchia, procurandogli il dolore di un pugno e il languore di un vuoto. Deglutiva, inspirava forte e proseguiva.

Oltre la curva ad angolo retto, tra il cerchio di luce e il cono d'ombra, si apriva lo spiazzo dell'Area n. 3, nella quale si stagliava una feroce costruzione verde: una fiera dal ringhio elettrico e dagli occhi giallognoli e tristi – le finestre affacciate su un balconcino, sopra una porta che forse nascondeva il segreto della vita e della morte. Non odiava quell'edificio dove campeggiava un'enorme lettera "C" incisa su una placca d'acciaio – un segnale di pericolo per ciò che celava –, anche se aveva un colore malvagio: al limite, lo detestava perché aveva ucciso Olmo.

Riusciva quasi sempre a ricacciare in gola il groppo di tristezza e a continuare nella ronda; quando la nostalgia e il rimpianto squarciavano la sua corazza, si scopriva l'avambraccio e baciava il tatuaggio della foglia – una foglia d'olmo, ovviamente. Anzi, la Foglia di Olmo, dopo la disgrazia.

Era un rito, ormai, che lo accompagnava nei turni di lavoro. Però la notte dell'anniversario dell'"incidente" – com'era stato definito all'epoca: tre anni esatti da quel giorno –, il suo atteggiamento mutava: una strana sensazione si impossessava di lui, e sapeva che di fronte all'edificio C avrebbe incontrato il suo amico. Non con sembianze umane, ovvio, ma in una forma che Zeno sarebbe stato capace di interpretare.

Olmo era colui che l'aveva disperatamente trattenuto su questa terra, che l'aveva strappato al naufragio nel suo oceano affollato di punti cardinali fasulli e di rotte senza ritorno. Quando raccontava qualcosa, non bisognava mai interromperlo: la melodia delle sue parole era un autentico dono, che accarezzava l'ascoltatore. La sua presenza – mai imposta – era un balsamo nella vita degli altri, un lenimento che sanava le ansie e le paure, che veniva offerto al mondo senza alcuna pretesa di ricompensa. Da Olmo sprigionava un nonsoché di spirituale, un qualcosa di misterioso che – all'inizio – poteva mettere a disagio, ma che rendeva sempre migliori.

Erano già passati tre anni dalla disgrazia. E, anche quella notte, Zeno l'avrebbe incontrato: avrebbe cercato di comprendere i momenti del tragico evento, visto che allora non era presente – non aveva preso servizio, per via di un malanno. Era stato rimpiazzato da un giovane assunto qualche mese prima, che non conosceva le poche libertà concesse al personale di servizio della Zona. Durante la ronda, il ragazzo fu estremamente sorpreso, allorché vide Olmo disarmato, senza divisa regolamentare: indossava un paio di jeans e una camicia scozzese, e calzava un paio di scarpe da ginnastica bianchissime, quasi comiche in quel contesto. Il neoassunto si rese subito conto della stranezza di quella visione, ma non riuscì nemmeno ad articolare le sillabe dell'"Altolà" e avviare la procedura appresa durante l'addestramento. Forse fu tradito anche dal fatto che Olmo lo guardò con un'espressione bonaria e sdrammatizzante, strizzò l'occhio e, portando l'indice alle labbra, lo invitò a tacere, con l'innocenza di chi sta per fare un gavettone a un amico. La giovane guardia non si mosse, in attesa di ciò che sarebbe successo.

Giunto davanti all'edificio C, Olmo accelerò il passo e, come un atleta provetto, saltò un piccolo muro e una siepe: prima di salire velocemente una scala metallica esterna che conduceva al balconcino prospiciente una delle finestre che incorniciavano la solita luce giallognola e triste, gialla e fioca. Il ragazzo vide l'uomo aprirla, come se sapesse esattamente cosa doveva fare.

Benché inesperto, il sorvegliante non poteva ammettere un simile comportamento. Era un atto assolutamente proibito, quello: l'altro non era una Tuta Gialla – anzi era vestito come un turista –, e non si poteva permettere una tale azione. Comunque rimase in silenzio. Dopo un attimo, nell'aria echeggiò il suono di una raffica di mitra, fulminea e precisa, i cui proiettili colpirono Olmo scaraventandolo fuori dalla finestra, in una nuvola di schizzi rossi illuminati dal fascio di una fotoelettrica ormai fissa sul balconcino. La sagoma inanimata precipitò davanti ai piedi della giovane guardia, che aveva preso a urlare tutto ciò che gli passava per la mente.

Ci fu un gran viavai di Tute Gialle, poi arrivo un'ambulanza, accompagnata da due vetture misteriose. Il corpo crivellato di pallottole fu portato via. La scena venne ripulita. Qualcuno raccontò che Olmo aveva bevuto molto e assunto un cocktail di farmaci, che era fuori di sé e, vestito in quel modo equivoco, aveva ingannato l'addetto alla sicurezza, finendo inevitabilmente per soccombere: gli uomini della sicurezza all'interno dell'edificio non avrebbero potuto agire in nessun altro modo. L'inchiesta estremamente riservata ne giustificò l'operato. Al limite, poteva essere considerata una disgrazia: era indubbio che si trattasse di una grave perdita per la Zona. Olmo era un elemento professionalmente e umanamente assai apprezzato e, in quel frangente, il suo comportamento era stato davvero inconcepibile.

Erano passati già tre anni da allora. E Zeno si ritrovò a fissare la figura di nebbia che era convinto di vedere a ogni anniversario. Iniziò a parlare, raccontandole le solite cose e scaricandole addosso – sottovoce – tutte le cartucce dei suoi sensi di colpa. Ripeté che, se ci fosse stato lui al posto del novellino, tutto sarebbe andato diversamente. Parlava, ma ora si sentiva meno convinto e più stanco degli anni precedenti. Era pallido e ansimava.

Vedi Olmo, tutti hanno imparato ad ammirare il tatuaggio della foglia che orna il ramo del mio avambraccio. È la tua foglia, e appassirà con me: morirà con me. Tutti hanno imparato a onorarla, perché capiscono che è il ricordo di un amico scomparso e si ricordano del profondo legame che ci univa. Di certo, però, conoscono soltanto quello che gli è consentito di conoscere, proprio come noi che sorvegliamo la Zona, pur ignorando ciò che racchiude. A pensarci bene, è una situazione pratica e confortevole. Tu forse volevi sapere a che cosa montiamo la guardia, a quali nemici invisibili sbarriamo l'accesso... Forse, invece, hai fatto soltanto un'enorme cazzata: eri davvero sbronzo, nauseato e fuori di testa, quella sera. Sì, è vero, sappiamo solo ciò che possiamo sapere: e io so che non sei più accanto a me, perché hai scelto di entrare nella morte da una finestra.

Comunque c'è qualcosa che ci riguarda e quasi tutti ignorano.

Avevo fatto il tatuaggio molto tempo prima che la tua foglia cadesse: era la muta testimonianza dell'affetto che nutrivo verso di te. La mia compagna di allora mi incalzava di continuo con domande sul significato di quel disegno verde, sul motivo che mi aveva spinto a tacerle la decisione di tatuarmi. Le rispondevo con parole vaghe e, quando lei mi fissava, volgevo altrove lo sguardo. Poi, un pomeriggio, dopo essermi scolato quasi una bottiglia di un beverone alcolico che sapeva di prugna e alcool, le dissi che c'era un'altra persona.

Un'altra persona: non aggiunsi altro. Se ne andò con la furia di un uragano, lasciando dietro di sé una devastazione immensa. Per lei, l'altra persona aveva il volto della foglia sul mio braccio: come un uragano, avrebbe voluto strappare tutte le foglie degli alberi, per vendicarsi. Era ferita e delusa; si sentiva tradita e sconfitta, ingannata da me e da un'altra persona.

Come te, non ha mai saputo che quella foglia eri tu: non ho fatto in tempo a dirtelo. La sera della disgrazia non c'ero: il pomeriggio mi ero ubriacato con la speranza di trovare la forza di dichiarare il mio sentimento a chi mi stava vicino, un affetto che facevo fatica ad ammettere anche con me stesso.

Brillava solo la mia assenza, quando tutto è accaduto: mancavo, e così ho gettato alle ortiche la possibilità di dire la cosa più importante alla persona che illuminava la mia vita.

Non ho potuto compiere nessun gesto per fermarti: ti ho lasciato scivolar via nel tuo destino atroce, accettando passivamente di dissolvermi pian piano, in cerchi concentrici sempre più piccoli.

Continuo a fare la guardia in questo luogo fuori dal mondo, perché costituisce una sorta di riparo alle folate del vento della vita, che potrebbero strappare la tua foglia dal mio avambraccio.

Non ho mai pensato di essere ricambiato nel mio sentimento, ma avrei voluto che tu sapessi.

Alla fine del turno, come ogni anno nel giorno dell'anniversario, anche oggi salirò in macchina e raggiungerò la stazione di servizio abbandonata, dove l'edera e le erbacce hanno colonizzato asfalto e cemento, nascondendo persino le pompe di benzina. Parcheggerò tra i cumuli di rifiuti e fumerò una delle sigarette della tua marca preferita – in tuo onore.

Poi tornerò a casa, e domani tutto ricomincerà. Riprenderò ordinatamente servizio, senza porre domande né pretendere risposte, aspettando di parlare ancora con la tua ombra. Comunque ora sai, e io mi sento più sereno. Ti abbraccio forte.

Una foglia di olmo su un avambraccio, le mani che stringono il volante. La luce dell'alba si prepara a strisciare sulle strade nere. È ancora buio. La foglia tatuata somiglia a un cuore con il bordo seghettato.

Zeno attende che, in fondo al rettilineo deserto, compaia l'insegna fracassata del distributore dismesso, dove celebrerà il suo semplice rituale. Un imprevisto: qualcosa di strano. I cristalli dell'auto si appannano, la visione del parabrezza si deforma... Sgrana i suoi occhi pesanti e stanchi, e trasalisce: la stazione di servizio è aperta! L'area sfavilla di luci, tutto sembra nuovo. Niente erbacce, niente immondizia. Scorge un uomo con una divisa e un berretto a visiera. Un addetto alle pompe!?

Quando entra nel piazzale, Zeno lo raggiunge e abbassa il finestrino. Il benzinaio si abbassa, e lui avverte un colpo forte al cuore. Prende a tremare e ansima; nelle tempie, il sangue pulsa all'impazzata. È il volto di Olmo, quello che lo sta guardando:

riconosce il sorriso e anche la strizzata d'occhi.

Vorrebbe riversare sull'amico un vocabolario di parole gioiose, di frasi che ha rimuginato per tre anni, ma Olmo gli afferra il braccio appoggiato al finestrino e gli dice che deve sbrigarsi, che deve aprire gli occhi, che non può restare lì.

Su, Zeno, svegliati! Immediatamente! Svegliati e fuggi lontano, in fretta. Non puoi rimanere all'inferno per starmi accanto: io non sono lì! Ti prego, apri gli occhi, Zeno. E vattene, subito!

Quando Zeno si riprese dal colpo di sonno improvviso, un brivido gli percorse la schiena, come una salamandra elettrica che si muove tra le note di una chitarra distorta. Istintivamente, girò di scatto il volante ed evitò di finire nel fossato che correva lungo la strada. Sbandò. Un furgone delle poste strombazzò e lo abbagliò, per ammonirlo a rispettare la propria corsia di marcia; poi lo oltrepassò e, sempre suonando, svanì nell'oscurità alle sue spalle.

Zeno si fermò in uno spiazzo ghiaioso, scese dall'auto e si sdraiò sul cofano, osservando l'aurora mentre riprendeva fiato. Poi si rimise in piedi e, ciondolando con una mano sulla testa, si diresse verso la stazione di servizio abbandonata, come sempre invasa dall'immondizia e dalle erbacce. Si disse che, rispetto a qualche mese prima, la situazione era peggiorata.

Sedette a lungo su un bidone rugginoso. Fumò la sigaretta in onore di Olmo, senza neppure rendersi conto dell'importanza di quel gesto.

Non fu il giorno in cui morì, ma quello in cui se ne andò: il giorno nel quale partì in cerca dei venti ignoti che ogni foglia deve catturare, affinché il destino le regali mille altre vite.

Il prete

Dico che questo è il mio passo perché, mentre lo compio, credo di possederlo; ma, più mi porta in alto, lungo questo sentiero di montagna, più mi convinco che sia io ad appartenere a lui. I miei piedi avanzano piano dentro i vecchi scarponi rigidi e scuri, masticano la neve sopra l'erba paziente gialla di fatica, battono cadenzati in sintonia con il mio respiro, tra pietre spigolose e fiori di ghiaccio, tra ricordi e mete, tra un passato scricchiolante e un futuro di cieli azzurri. Talmente azzurri da provocare lacrime di gioia dimenticata e da rendere meno feroce la pineta fredda che digrigna i suoi denti aguzzi.

Dico che questo è il mio passo ma, in realtà, è l'ormeggio a cui attracca la mia ombra veliera, il molo dal quale presto salperà di nuovo.

In una tasca dei pantaloni, custodisco il rosario che appartenne a mia madre e, prima ancora, a mia nonna. Per recitare le Ave Maria, non ho alcun bisogno di impugnarlo o di sgranarlo, perché ogni volta che la punta del bastone affonda nel terreno è una preghiera sentita, voluta e respirata.

Nel piccolo zaino di tela lacera, porto il breviario, che

mi accompagna dal giorno dell'ordinazione a sacerdote, una finestra sull'assoluto che apro e chiudo in modo sempre discreto ma velleitario. È un compagno che oramai conosce le mie luci festose e intermittenti e le mie ombre sghembe e cupe, che mi sforzo di dissolvere spigolando tra i mille sussurri delle sue pagine, cercando, una frase o una parola a cui aggrapparmi, un segnale che mi indichi la via. Insieme con uno spesso maglione e le provviste, batte sulle mie spalle: anch'esso è cibo e indumento, ma è soprattutto un vecchio e caro amico che voglio sempre accanto sia nei luoghi che allargano il fiato e rinfrancano l'animo, sia nelle terre oscure del dolore e del cordoglio, là dove imperano lo strazio e la disperazione, dove gli uomini e le donne non sanno più trovare i petali della propria esistenza.

E così io procedo passo dopo passo, levigato dal mio tempo eppure raggrinzito come una prugna secca, attorcigliato alle mie parole, impettito e coraggioso. Inspiro la salita e, consegnandoli a un vento di tramontana, espiro rimorsi ormai sfiniti. E, con occhi di rapace, disegno traiettorie astruse sopra le rocce più alte, volteggio tra fantasmi disperati, zucchero dal cielo e barbe di nevi proibite perfino agli sciatori più ardimentosi, variopinti come fagiani, conquistatori temerari di un bianco estremo che, in realtà, non potrà mai appartenere a nessuno.

Inspiro ed espiro, sempre più forte, e imploro l'Altissimo di rendermi degno di questa visione e di questa ricerca perenne, tra pietre rugose e stole di freddo incipiente, tra sipari di nebbia e lacrime chiare, pronte a inondare i prati venturi. Imploro l'Altissimo di farmi partecipe di questo silenzio immenso e solenne, di concedermi di penetrare i segreti celati nei riflessi delle piume del corvo che si tuffa nel candido abbraccio della valle a cui, forse ingenuamente, un essere umano ha imposto un nome.

Non ho ansimato fin quassù per pretendere o conquistare, ma per liberare l'anima dalle ancore rugginose e pesanti del mio essere: sì, sono una nave pazza che non vuole più trascinare per mari confusi il proprio carico; sono un viandante che non vuole più camminare lungo piste di sabbia o nastri di asfalto, seguendo mappe disegnate su ali di libellule che si trasformano in corna di bue e lame d'aratro, non appena la forza e la fede scemano come la luce del tramonto.

La montagna invita a pensare a Dio, e non soltanto per il fatto che si è più vicini a quel cielo nel quale, secondo mille credenze, Lui dimora. Di sicuro, è un luogo che sprona l'uomo a parlarGli in modo diretto, a confidarsi, persino a prendersi una qualche confidenza: "Ti abbiamo chiamato Dio degli eserciti, ma anche Dio della pace. Abbiamo invocato il tuo nome ovunque, sui campi di battaglia e nei cimiteri. Abbiamo speso più tempo a nominarti che a cercare di comprendere i Tuoi insegnamenti e la Tua essenza. Ti abbiamo immaginato seduto su un trono, oppure intento a lanciare i dadi sul tavolo cosmico, mentre noi ci chiedevamo se eravamo i tuoi figli o i tuoi padri. Dio, ti prego, restituiscimi a me stesso, come sacerdote e come uomo finalmente semplice, dentro a un universo che, anche nel midollo più complesso, sogna ancora di ritornare alla sua semplicità originaria. Perdona e sciogli tutti i miei nodi e pettina il mio cuore."

Mentre il sole calante snocciola i suoi "Amen" sulle cime tutt'intorno, ascolto le raffiche vetrose del vento che incontrano i tetti delle baite, annuso il fumo dei camini: nei miei polmoni si riversa l'odore della vita degli uomini.

Dico che questo è il mio passo, e avanzo, sebbene la fatica mi stia fiaccando. Dopo una salita sassosa e aspra, ecco la radura dove svetta un parallelepipedo di cemento: è la stazione della funivia. Acquisto il biglietto e mi accomodo in una cabina di alluminio e plastica: agganciata a una grossa fune d'acciaio, la navetta mi porterà lassù, vicino alla mia meta, magari fermandosi misteriosamente durante il tragitto e lasciandomi dondolare sopra un abisso di larici e rocce.

Si parte e, dopo qualche momento, osservo dall'alto il santuario. Nel paesaggio quasi monocromo, spiccano le sue pietre ormai scurite: sembrano abbracciarsi strette per proteggere e conservare quel luogo di pellegrinaggio e di preghiera, quel piccolo tempio che custodisce migliaia di suppliche e orazioni, di voti e speranze di persone salite a chiedere una grazia, a domandare di aver salva l'anima dopo voragini di peccati e precipizi di errori. Là, ogni filo d'erba sembra serbare il ricordo di un'Ave Maria o un segno di croce, di un'invocazione che sale dal mondo e si rivolge al cielo, di un grido che si perde nel vento, ma arriva a Dio. Per quelle parole non esistono né prima né dopo, né dove né quando: s'involano nella bellezza concentrica di un'eternità nella quale ogni elemento si compenetra. Diventano sassi lanciati e, nel contempo, bersagli colpiti. E allora i pellegrini capiscono di non essere più soltanto persone che hanno scarpinato sulla montagna per raggiungere la chiesetta, ma si rendono conto di costituire una molecola dello scheletro luminoso della preghiera universale che si leva da questa terra. A quel punto, taluni si domandano come sia possibile non incontrare la propria anima, visto che vive dentro di noi: nonostante i tranelli della vita, non può essere così irraggiungibile e insondabile. Forse è sufficiente tornare all'essenza e, con occhi innocenti, guardare il mondo intorno, scostare le tende della superbia e spalancare le finestre dell'emozione.

A volte veniamo spruzzati con qualche goccia di Dio. Può anche capitare che si riesca a berne un bicchiere o un'intera bottiglia e ci si senta dissetati per l'eternità. Qualcuno viene addirittura lavato dalla testa ai piedi con una secchiellata di divino, e si sente rinato, rinfrescato, pulito, nuovo... Eppure Dio rimane sempre lì ad aspettare che ci si tuffi in Lui, che dentro di Lui noi si cominci a nuotare.

Un sobbalzo, e la cabina rallenta fin quasi a fermarsi. È l'ultima corsa della giornata, e adesso aspetterà il sorgere del sole sotto questa tettoia di cemento spesso, dalla quale pende il planetario di un'enorme puleggia, punteggiata di bulloni cromati.

Devo camminare ancora per raggiungere la chiesetta dove stasera celebrerò una messa speciale per questa comunità sperduta – più volte mi sono chiesto se sia disagiata o privilegiata.

Da queste parti, il tramonto è un gioco di rimbalzi di luce: il tappeto scuro del crepuscolo spiana la via a un cielo granulare, punteggiato di stelle sparate da un fucile orbo. Anche le finestre lontane, sono piccoli astri che baluginano sulla costa della montagna.

Procedo piano, un passo dopo l'altro, con lo sguardo basso, e mi chiedo se i fedeli seduti nei banchi della chiesa durante una funzione si domandino se anche un sacerdote abbia bisogno delle preghiere altrui, proprio come un cantante avverte il desiderio di ascoltare una melodia che qualcuno canta per lui. Preghiere e canzoni sono carezze misteriose che leniscono le ferite del presente e avvicinano allo Spirito.

A me, prete ormai anziano, che si ostina a inerpicarsi lungo sentieri di montagna, queste carezze commuovono: guardo i miei scarponi, mi rivedo seminarista e sogno. E dico che questo è sempre stato il mio passo, fin da quando ho visitato il piccolo santuario tra i monti per la prima volta.

È passato molto tempo, e adesso la fatica mi strizza ogni muscolo, frena ogni colpo di bastone, appesantisce ogni respiro. Nel mio cammino terreno, mi è capitato di scivolare all'indietro, di perdermi e di affannarmi per ritrovare la strada. Ho sofferto per conservare la mia fede; sono caduto e mi sono rialzato; ho lottato con incendi e tempeste… Ho usato il mio breviario come una corda, un moschettone, una rete, un riparo e un paio di ciaspole… Non sono un santo, sono soltanto un sacerdote, e quel libro – con foglie secche tra le pagine, raccolte in luoghi dove ho avvertito la vicinanza di Colui che da sempre seguo – è il mio viatico.

Un altro passo, ancora più stanco, e mi domando se davvero la vita comincia sempre il giorno dopo, oppure se il domani è soltanto una scusa escogitata da coloro che non sanno vivere il presente. Guardo la chiesetta e scorgo un chiarore di candele che sfida il crepuscolo. Mi beo di quella visione: vorrei fermarla per sempre nella mia mente, insieme con il vento leggero. Vorrei aggrapparmi a essa per non scivolare in un passato nefasto, per non rimbalzare tra gli infiniti rimpianti e rimorsi che mi accompagnano come ombre ansiose. Vorrei poter cristallizzare questa sensazione e fare in modo che il Tempo sia Padre, Figlio e Spirito di questo istante.

Quando apro la porta del piccolo santuario, vedo un vecchio montanaro che sembra custodire tutti i suoi anni nel cappello di feltro che tiene in grembo. È seduto nel primo banco e sta parlando contemporaneamente con un Dio all'apparenza immobile, con un Figlio ferito e ucciso, sepolto e risorto, e volato in cielo nel mistero assoluto... e con la Madre, la donna che ha dovuto comprendere prima di capire, che ha dovuto essere pronta prima di prepararsi, che continuerà a donare a chiunque un sorriso che conforta ma non deride. Quel sorriso per cui tutti preghiamo.

Finito di stampare nel mese di ottobre 2018
presso
Grafica Veneta S.p.A
via Malcanton 2 – Trebaseleghe (PD)

Printed in Italy